U0474421

BI
爱的双重奏

[法] 让-吕克·海宁 著
谈方 译

吉林出版集团股份有限公司

BI
爱的双重奏

［法］让-吕克·海宁 著
谈方 译

吉林出版集团股份有限公司

目　录

没有玻璃房子。帘子拉下来了，真正的生活开始了。有些活动是不可能公开的。这些秘密事件是窥视者的游戏。他用无数双眼睛追寻着这些秘密——就像儿童观念中那个能看到一切的神。孩子问道：“一切？”——他们回答道：“是的，一切。”孩子必须适应这种神灵的入侵。

——吉姆·莫里森《领主》

引 言

男双性恋是些什么人？他们在什么地方？人们并不清楚。这是当今性学地图上的一块空白，总是处于异性恋或（更多时候）同性恋的遮蔽之下。实际上，男双性恋不属于任何一个类别。人们不是很清楚如何划分他们，就连他们自己也不清楚。1948年，金赛发现37%的美国男性在其一生中至少有过一次达到高潮的同性性行为。但是所有这些统计数字近来都受到质疑。法国没有任何类似的相关统计数字。15年来关于性行为的民意调查中从未出现过双性恋。也许他们隐藏在回答“不知道”的那一类人当中。最近，男双性恋隐约出现在关于艾滋病的统计数字中，与男同性恋归为一个整体，因此女性期刊才敢于在谈及女人被病毒传染的恐惧时谈到他们。

总之，男双性恋极其隐蔽乃至最终趋于消失。他们甚至有一种销声匿迹的糟糕倾向。他们想抹去一切行为的痕迹。他们没有任何的诉求，也不组建任何的协会、社团（他们是孤立分散的），他们不会成为任何调查统计的对象，也不留下任何存在的假象。他们之所以不存在，仅仅是因为他们用异性恋的身份来隐藏和保护他们的同性恋行为。同性恋对他们的愤怒也正在于此。这是些胆小鬼，但更是些无药可救的人。他们从一种性行为转换到另一种性行为，他们扭曲类别，欺骗众人，永远在逃避。他们就像是些畸形怪物。

同卖淫有点相似，男双性恋也有偶尔与长期之分。顾名思义，偶尔的双性恋是偶然情境下的双性恋，随情境消失而消失。男性群体中，经常旅行者，漂泊的行者，生活中动荡不定的时刻；迷失了方向，处于危机之中，自我寻觅的时刻：这些都是处于迷途中的人或者说还未达到稳定状态的人，他们经历性行为就像经历生活一样，总是处在点与点之间，不属于任何地方。相反，稳定的双性恋则把他们的生活构造得如同一个双层底的行李箱，他们把生活建立在一个密封性极好的秘密空间之中，过着双重间谍一样的生活。他们是自己生活的间谍。对他们来说，全部问题就在于诱导、欺骗、逃避、撒谎。这是一种充满算计、秘密、暧昧、密码的生活。人们深知，对他们来说，一切都归结于时间管理和日程安排的问题。

实际上，双性恋令人迷惑的地方在于它的不融合，不调和，不天使化阳刚与阴柔的本原（这与阿里斯托芬神话中的阴阳人完全相反）：它是一种分裂，一种张力，一种性行为本身的战争。正是这种永恒的张力使得他们的生活变得像间谍或叛徒的生活一样，成为一个谜题或者一种欺诈。

一　天使的战略

1.一个男双性恋像什么？什么都不像。确实什么都不像，以至于人们都不会注意他。他不像唐璜似的花花公子，不像激情似火的卡萨诺瓦，也不像空中飞人大卫·科波菲尔，他不是突然出现在你面前，而是你已经把他忘了，他仍然待在那里不肯离去。他就像一只孤僻怯生的小羚羊，惶恐战栗，局促紧张。他将头缩在肩膀里，凶猛地抽着烟，他很孤独，他在等待。一个男双性恋的故事总是这样开始的：人们觉得他是多余的。对于他自己和您来说他都是多余的。双性恋的历史已有千年。因此出于一种与必然毫不相关的偶然，您不小心成了双性恋。您只能完全地接受这个历史的馈赠。瞧，我就是这样。平庸乏味的面孔，没有个性的头发，毫不出众的身材，缺乏性感的臀部，小的可怜的生殖器。没有一样令人满意，没有一样能吸引人，除了一点微不足道的东西。他看着你，他渴望见到你，他在寻找你。他有着悦耳动听的口音。他轻浮而又有点笨拙。他有着纤细的敏感。他也喜欢女人。其实，说到女人，我也不清楚。一个，两个或者三个。可是他跟你在一起做什么呢？他想从你这里得到什么呢？当然什么也不想。他期望你爱他，这就是全部。他期望你在他需要时给予他力量、激情和魅力。他期望你将你的力量传输给他。他期望从你这里得到他所缺少的男人气概。在那之后，他会放开你。他会活力焕发，身强体健地独自飞翔。而你呢，重病缠身，只能靠化学强身剂来恢复健康。如果他再次被他的女人们抛弃后没有来纠缠你，没有与你开始新一集的故事，你就算幸运了。总是同样的剧情，令人困惑的故事：一个男同性恋对一个引诱女人的情场老手、处境困窘的男双性恋产生了爱情。

你当然知道他是双性恋，知道他在游戏两性，在此情境下他在玩弄你来对付一个女人。这样的家伙马上就能让人感觉出来。只要你看看他们愚蠢的言行、他们的天真幼稚和那一丝狂妄傲慢——雄性的狂妄傲慢——就知道了。他们当中的大多数也许已经对事情做出了合理的分配规划：一个人的那份，另一个人的那份。他们分割了生命、生殖器、时间、家庭和剩余的一切，但是爱情不会来临。没有裂痕，没有不确定性，没有可能的未来：仅仅是一种性消遣，一个漫不经心的玩笑。因为双性恋构造的障碍点、敏感点就是爱情。爱情杀死双性恋。一个异性恋男人爱女人，一个同性恋男人爱男人，一个男双性恋谁都不爱，他让自己被爱。他对男孩如同对女孩一样温存，有时有着某种技巧甚至一种性冲动，但在所有这一切之间是一片空白。因为他任由自己被爱情席卷，牵引，一切都会变得错乱失常。雅克·埃斯普里在其论著《论人类美德的虚伪》（1678）中不断地思索：他是该放弃接受还是接受放弃。男双性恋就是这样。每样物品对于他来说都成了一个含糊暧昧的暗示。他矛盾的欲望令人困扰，你不清楚他是害怕真正地投入还是渴望通过与其他身体的接触来体验自我。这就好像他赞同某些逻辑或者一些剧情脚本，而这些逻辑之间却无法连贯一致，这些剧情脚本永远构不成一个完整的爱情故事。爱情并不存在，或者说仅仅支离破碎地，以默认的方式存在着。在他那里，一系列可能发生的情况必定以一场逃亡结束。一个男双性恋只是一些故事中的一个过客，而他却试图使这些故事变成自己的故事。他蒙着眼睛周旋于身体之间却不知道身在何方，也不知道所为何来。当人们过着不规律的生活时，爱情生活是很困难的（塞德里克·克拉比什[①]）。

2.福理朋[②]33岁，是一名网球教练。这就好比这儿一个球，那儿一个球，中间是球网。我觉得福理朋无法爱一个人，他归根结底只是享受欢愉。而我呢，则彻底陷入情网，我喜欢爱的感觉。曾经跟他在一起的女人，那个夏洛特，也无法指望他的爱情。他让她饱尝爱情缺失的痛苦。她时不时地来他家，他也去她那里。一天早上，她撞见我们俩正在床上，于是开始在厨房哭泣。而且，夏洛特不是他唯一的女人，他还有其他女人，索菲，贡希塔，但他没有同时跟很多男人交往，即使有时也会在奥斯特里茨车站的站台上勾引年轻小伙儿。实际上，他也不是很清楚，他也不知道爱情是什么。他想享受性爱之欢，仅此而已。我曾经以为双性恋是一种幸福的、天堂般的状态，因为可以在身体之间转换，跟一个身体躺在一起时还可以幻想另一

① 塞德里克·克拉比什（Cédric Klapisch，1961—），法国电影制片人，编剧，演员。

② Fripon，法语中有调皮鬼、骗子、无赖的意思，作者在文中将该词用作人名，故采用音译。

个身体，但据我后来的理解，这是一种痛苦。每当我向他提议一件事情时，我都感觉是在抓捕他，强奸他。你必须采取主动，他听你在说，但没有任何主动积极性。我想他跟女人在一起时也是同样的情形。他总是跟年龄比他大四十多岁的女人厮混。他是被接近、被纠缠的那一个。在爱情中，他处于待命状态。他就在那儿，你要呵护他，他不会呵护你，永远不会。

“这种关系有点让我心理失衡，因为他周围的人实在太多了。福理朗的时间安排很满，他只是偶尔与我约会。经常我这边准备好了，想着他会和我度过一个由我精心筹划的小周末，结果却是当头一棒，‘我要去看索菲！’他对我说。因此我们总是在他想见面并且有时间的情况下才约会。不过我心想这是值得的，因为这让我活力迸发，我必须斗争才行。与他一起生活，过一种二人生活，或许本该是一件令人烦扰的事情。因此这种障碍给予我满足感，还有相对于另一个人，相对于女人的胜利。这就是我接受这种状态的原因，为了知道我是否能赢，是否能让他属于我。有一次，我问他：‘你更愿意与一个男人还是一个女人经历一场伟大的爱情？’他对我说：‘一个女人。’但我不相信。我想他自己也不知道。他无法做出选择，他不知道自己处于何种状态。能够掌控事情的那个人将最终夺取他，手最强有力的那个人将彻底驯服他。他相当天真，毫无戒备，比他显现的要容易受伤。他是水瓶座，却以为自己是一只蝴蝶。如果说他不做选择，不肯接受任何一个角色，那也许是因为爱一个人让他感到疲惫。爱情让人变得脆弱，让人痛苦，但福理朋现在成了孤家寡人，因为所有人都抛弃了他。”

“当我与他在一起时，我总想保护他，使他免受这个女人的伤害。他对我说跟我在一起感觉很好，可他从来不拥抱我。要拥抱他甚至都很难，他无法忍受那样。我们接吻，但仅仅是在做爱的时候，既不在之前也不在之后。除了一次，仅有的一次，当我对他说我的血清化验是阳性时，他吻了我的嘴。他对我说：‘你想拿我的屁股做什么都可以’，但他跟我在一起时不想积极主动。这就是为什么我很想看看他跟女人在一起时的行为举动。看看他怎样做，怎样动，怎样从一个女人那儿获得享受。我问过他，如果有机会，我愿意跟他们一起上床。我决心分享一切，但那个女人不愿意。她说：‘你和他有同性恋关系并不妨碍我。’但她没有意识到，对她来说那其实并不存在。那是我酗酒的一段时期，他也需要喝酒。每次都是两人一瓶威士忌。福理朋就像是一张渔网，但网眼太大，鱼都逃走了。他离开我的时候，我知道他要去找一个女人。我心想：‘既然我们能一起达到高潮，他为什么还要去找女人？’现在我知道了他并不爱那些女人。他说他年轻时爱过一个女人，但她不愿意。这是他唯一没有得到的女人。现在他重又成了孤身一人。他与我的关系持续了六个月，然后我放弃了。尽管很痛苦，但我还是放弃了。我无法再忍受下去。我想到自杀。我无法再使自己从痛苦中解脱出来，到处都能看到他的脸。我必须不惜一切代价，刻不容缓地找到另一个人。说到底，我看双性恋就像一辆自行车，中间的脚踏板用来前进或者后退，两个轮子让整体运转。”

3.很奇怪，我一直都喜欢双性恋，不管是真实的还是潜在的，公开的还是隐蔽的。这不是一种偏执，不妨说是一种倾向。并非我觉得他们更富于阳刚之气，我觉得实际上他们的男人气要少一些。但也许因为他们有一种女性的芳香，那是他们刚刚离开的，待在旁边花园里的那个女人留在他们身上的某种东西，他们身上留存的这种香气带给我的仿佛是一种温柔。确切地说，他们让我喜欢的原因是他们仿佛是些孩子，或者说是些天使。博尔赫斯说最初的天使是些星星，双性恋很可能也是。像天使一样，双性恋是中间调解人，是隐形的信使，尽管有时也会显形。他们来无影去无踪，在寂静中穿行或者消失。双性恋是没有翅膀的天使，但比磷火更灼热更灵动，他们扮演讨人喜欢的魔鬼。他们让爱男人的女人和不爱女人的男人彼此相会。他们充当不可表述之事的代言人，阐释者。然而这是些男人，这一点毫无疑问，但却是一些不会定型的男人，一些旋转的男人，一些飞翔的、脆弱的、敏感的躯体。这些舞动着的男人就像我在开罗时斋月的第二十七夜，也就是信徒们的心愿得到满足的那一夜，在民众欢庆活动中见到的那些苦行僧一样。他们的舞蹈叫齐克尔，男人们随着节拍向前、向后摆动身体，每次还同时喊着："安拉！安拉！"努力让神灵进入他们的身体。

男双性恋就是这样。与一个男孩子的爱情似乎能让他们重返青春年少，仿佛通过改变性向而改变了年龄。仿佛他们想延长充满各种可能性的年龄，延长人的生命中消逝的那些时刻。与他们在一起，没有什么严格的准则，没有什么属于性观念（无论何种性观念），一切都是跃动的，有点天真，有点调皮，有时顽固而富于激情，但从来都不会持久。甚至在欢愉之后，他们表现得殷勤体贴，有时也会是某种倦怠，一种忧郁，仿佛他们还缺少什么东西。这与一种卡萨诺瓦式的“性的机械运动”毫无关系，确切地说这是一种友善的肉欲，片刻的自由，一阵轻微而短暂的眩晕，迷失在童年时代的幻觉。由于对自己的不确信，他们会更挑剔，更易怒，极力保持属于自身的东西：自己的个性不能有任何牺牲或者削减，他们什么也不愿放弃。大多数时候，男双性恋因此而转向同性恋。尽管不总是这样，但经常是如此，因为这样方便。金赛注意到，只有同性恋能真正谈论异性恋的另一方面。尽管他们不总是很清楚，而且欲望比一种身份更扭曲，更不可预测。

4.民意调查只触及那些或多或少有着定期或稳定的双性性行为的人群，他们实际上处于同性恋的边缘。大部分人处于这个边缘之外，他们过于游移不定，过于隐蔽。他们将自己隐藏在不引人注目的异性恋身份中。他们知道自己被众人所忽视，被社会所遗弃，甚至他们对自己都感到陌生，而这也许正是他们产生某种吸引力的一个因素。在一个需要绝对可见度和过度知情权的世界里，认识一个有点幽灵般的人令人感到某种不安。人们很容易认为是做了一场梦，如此迅速消亡的东西从来没有存在过，这甚至是某种不真实的、难以想象的东西。怎样证明难以想象之事？双性恋更多地处于生活的空隙里，而不是同性恋的边缘，处在那些逃离了自身、逃离了一切的少有的时刻里。男双性恋像鳗鱼一样容易溜走。贡布洛维奇[①]说：“如果你抓住了鳗鱼，它会怎样？它会被你吃掉。文学与鳗鱼能逃脱多久，它们就能活多久。”他是离家出走和隐匿行踪的高手，知道不少欺骗同伴的方式。他与男孩们进行地下性交易。像魏尔伦一样，他总是处于男孩与女孩，誓言与背信、偶数与奇数、天空与水洼之间。我们看到的是他地上的影子，是马塞尔·埃梅的穿墙人，是尤利西斯为了愚弄波吕斐摩斯给自己起的名字乌蒂斯。男双性恋活在事物的折缝里。他不是在旷工，而是在出差。此外，他的表演与其说是在伪装自己，还不如说是在伪装表演本身。从何种意义上讲双性恋是一种性观念和一种美学？它是不断地摆脱他人，超脱情感，挣脱法律如同挣脱流浪的一种方式，是变戏法的一种方式。男双性恋可以根据他的心情进出于异性恋社会，深入其中或保持距离，像跳蚤一样跳来

① 维托尔德·贡布洛维奇（Witold Gombrowicz，1904—1969）是享有世界声誉的波兰小说家、剧作家和散文家。

跳去，在这里那里或长或短地停留。自我尝试，永远都在自我尝试。他活在一种往返运动中，不能说这是相互矛盾的行为，确切地说是滑行，是摩擦。他脆弱而不稳定，沿着无形漫长的轨迹运动，保持着距离，保持着平衡。他说，我并不矛盾，我只是零乱。很可能他的快乐就来自于这种身份的丧失。

5.拜尔说过："在猴群中装猴子不是更好吗？"（《历史与批评词典》，1697）双性恋男人也这样想。如果他撒谎，那仅仅是为了自救。所有的男人都这样。如果说随着对自己生命轮廓的描绘他逐渐抹去生命，那是为了不留下任何痕迹，或许也是为了避免让人知道他与何人有瓜葛。他的胜利在于他的隐姓埋名。他很高兴发现了盖吉士戒指的秘密，柏拉图在《理想国》里讲述了这个故事。他讲道，盖吉士是个牧羊人，利迪亚国王的雇工。在一场狂风暴雨中，地震撕裂了大地，他看到了什么奇景？一匹青铜马，内部是空的，有一些窗户可以让他弯下腰看到里面的人，无论怎么看都是具死尸，体型比人类的要大，尸身上仅有一枚金戒指。他带上这枚戒指后离去。然后，有一天，他无意识地将戒指底盘转到手心后，他的邻居们突然看不见他了，他们开始像谈论一个不在场的人那样谈论他。于是他轻轻触动戒指将底盘重新转到外面，他就又显形了。经过思索，他灵巧地操纵戒指使自己进入了将去晋见国王的代表团。到了那里后，他引诱王后，与她密谋杀死国王，篡夺王位。这就是那个传说的内容（或者是柏拉图的想象），但其实是关于隐形的故事，也许盖吉士仅仅像东方的暴君那般隐藏在自己的宫殿里。

沉默的双性恋实际上总结了任何以转弯抹角、遮遮掩掩的方式经历的同性恋情的过程，这样的同性恋注重双重游戏，保卫自己不可侵犯的权力，最喜欢的战术是通过眼神来实施的。看看《消失的阿尔贝蒂娜》吧。圣-卢获得了一个长假，在巴尔贝克公馆的餐厅里，他坐在阿尔贝蒂娜身边，普鲁斯特说，他只跟自己的妻子谈话，公馆里其余的一切对他来说似乎都不存在。但当一个男侍在附近接客人的点菜单时，“他迅速抬起明亮的眼睛向他投去一瞥，时间不会超过两秒钟，但在他迅捷的眼神里似乎显示着一种截然不同的好奇和探究”，“这短暂的、不经意的一瞥表明眼神本身意味深长，它向所有可能注意到这个眼神的人显示：这位优秀的丈夫，拉谢尔曾经热恋的情人，在他的生活中有着另一个计划，而且这计划在他看来远比他出于责任才为之行动的那个计划有趣得多。但人们只是看到后一个计划中的他。”让我们再来比较一下《索多姆与戈摩尔》中的另一段吧。这一段中，马塞尔感觉是在魔法屋的游戏厅里，夏吕斯目眩神迷地盯着年轻的德·絮吉斯侯爵，他是如此明显地动了情，不自觉地把先前衔在嘴里的雪茄放到一边，因为他已经无法逍遥自在地享受这根雪茄了。男爵“就好像一位将自己的意志和思考的力量全部贯注于占星卜卦的魔术师……突然，他发觉我在注视他，于是抬起头来，仿佛刚走出一场梦境，红着脸向我微笑”。同样的手法（总是盖尔芒特家同样的短促眼神），但是圣-卢的眼神是尖锐、富有穿透力和隐蔽性的，而男爵的眼神却在痛苦地战栗，显得紧张，瞳孔放大，仿佛被催眠。叙述者心想，这是骗子、间谍还是疯子的眼神？这个眼神里包含着一个秘密。但夏吕斯似乎有时无法控制自己的眼睛，仿佛那个令人疲惫的，躁动的，也许具有爆炸性的秘密被强行存放到他的身上。圣-卢在这偶然的眼神中激起别人的好奇心。神思恍惚的夏吕斯则完全失态了。轮到男双性恋进入隐匿状态，进入一个并非自然的、无法理直气壮地享受权利的性爱舞台上。男双性恋讲一种“既想言明一切又想掩盖一切”的语言，就像《悲惨世界》里的黑话。他玩弄隐迹纸张的技巧。

6.在《爱情在法国》中，卡琳和莱内讲述了一对杂技演员的故事，他们表演一个空中飞人的节目——拉斯泰夫。斯特凡，25岁，身高一米九，有着运动员的肌肉，显出一种有点张扬的雄性自信，他是承载人。拉蒙是飞行人，28岁，肌肉更发达，但身材矮小，柔软，有着当舞蹈演员时的那种几乎女性般的优雅。两个人荡来荡去，一次接一次地发起冲刺，斯特凡放开拉蒙，将他向前方抛去，让他继续飞翔，旋转，然后重新抓住他，让他在自己的双臂中重新回到支架上来，拉蒙的身体掠过斯特凡时发生触碰，性器官顶着性器官。我抓住你，放开你，再抓住你，抛开你，让你坠落：这就是拉斯泰夫节目（也是男双性恋的节目）。这是一种空中协议，两个人在顷刻与毫厘之间游戏着他们的平衡和生命。卡琳和莱内想到，如果有一天，已经当了三个月准父亲的斯特凡真的放弃了拉蒙和拉斯泰夫节目会怎样？因为拉蒙是同性恋，斯特凡是异性恋（甚至看上去对女孩更感兴趣）。他们在马戏团的圈子里很有名，他们生活在一起，巡回演出时坐同一辆篷车，通常被认为是一对同性恋。实际上他们已经有两年半没有分开了，尽管在一起时从未有过性关系，他们还是经常拿外在表象和他们那漂浮不定的身份进行游戏。一段时间以来，斯特凡不再和拉蒙一起生活了，而是和托纳，一个年轻的挪威女孩在一起，他是在去年夏天巡回演出中遇到她的。他刚买了一辆篷车准备和她在里面安居下来，但托纳的到来明显引发了拉蒙和斯特凡之间的一场危机风暴。

“难道斯特凡是在拿自己的同性恋倾向当儿戏吗？归根结底，是他在支配引导那个节目。他向我们解释说，飞行人用身体表演，承载人则运用眼睛。有时，当拉蒙有个失误动作，他会把他抛到网中以使他避免一次危险的坠落。在这种情形下，为什么不能认为斯特凡是在向前方抛出象征他同性恋部分的客体，然后重新抓住他，让他回到自己身边，接着又把他投向远方以便在最后的时刻再次抓住他，直到有一天他真的放开他，就像他曾宣告的那样，彻底地摆脱了他？”说到底，他们的节目是从他们相遇的最初瞬间起，就发生在他们之间的生死故事的惊心动魄的表达。毫无疑问，拉蒙是爱斯特凡的，从一开始他就渴望得到他，尽管也知道斯特凡要保持自己男人的身份，这就是拉蒙那样喜欢看讲述抛弃、窄门、性拒绝的小说的原因，他也清楚斯特凡迟早有一天会彻底甩掉他。而斯特凡也深知拉蒙是他身上最美妙的部分，那是玩乐的，轻浮的，轻飘的，非正统的，无视社会和家庭规范的一部分，也许是最有活力、最具柔情的一部分，是青春期的最后一次延长。

托纳，外国人，作为干扰物插入这一对伴侣中，她必然处于生命延续、繁殖的那一端，她中止了斯特凡流浪艺人的童年以建立一对新的伴侣组合。雕像的发明者戴达鲁斯有一天为赫拉克勒斯作了一幅惟妙惟肖的画像，但英雄没有认出自己来，他以为面对的是一个敌人，就把画像毁了。同样地，拉蒙对斯特凡来说是他的自我中令他耻辱的那部分，是他通过不断的展示有可能得以驱除的部分。最好的方式，就是让拉蒙在自己眼皮底下坠落，让他成为自己童年告别仪式的见证人。在他们的最后一次节目中，拉蒙坠落了。这个节目，斯特凡把它命名为《天使的坠落》，拉蒙将其叫做《晕眩时刻》。

7.总是与自我保持着距离，观察着他身上缺少而他又不想与之分离的那部分，男双性恋对其自身（如纳喀索斯一样）来说就是他自己的认知客体。摆脱了女性的绝对主义，拒绝迷失在性散乱中，他活在一条分水线上，在成人责任与孩童心性、闭门索居与冒险猎奇、生命延续与一时欢愉之间保持着不稳定的平衡。他试图赢得那场赌博（不是总能成功，不过他是个幻术师），让自己以某种方式成为自己的孪生兄弟（就好像一个采取主动，必要时行使指挥权，而另一个总是以梦想和拖延的防御方式来对抗这个过于亲近、过于活跃的兄弟），让自己看起来像一双影子，实现一种性征上的雌雄同体，但那绝不是一个整体，一个圆球，“一个整块的，背部和侧面都是圆的球体”（如阿里斯托芬神话中的圆球人），而是近似于交叉、旋转和折线。如何选择、如何永久地安居在某处而无须把自己切割成碎片？通常来讲，男双性恋拒绝那样，很可能是因为他们无法做到。无论如何，他们永远都不会完整，永远都不明确。

当然，男双性恋与伊丽莎白 · 巴丹特在XY中所称的调和的男人毫无关系，那是一种虚幻的阴阳人和无从寻觅的神话，既是父亲–母亲也是父亲–良师，但首先是父亲。一个渴望解决两性的冲突，而另一个则体验性别的两重性：这是被分割的男人，碎裂成块的男人，因为他是异性恋父亲，而同时又是同性恋情人。实际上，伊丽莎白 · 巴丹特对男双性恋不感兴趣。对她来讲，很明显，一个人不能分裂成两个人。男双性恋因此是一种要排除的现实。要把他们排除到同性恋群体和压抑的性边缘人里。人们能理解其中的原因：这是因为男双性恋实际上逃脱了女人的控制，他在女人那里是缺席的，他不再在他自己所在的地方，他已经溜走了。叔本华说："女性只期望，只要求从男性那里得到仅仅一样东西：全部！"

8.纳喀索斯是维奥蒂亚的底比斯人。他是被河神克菲索斯卷入旋涡后奸污的蓝水仙莉莉娥珀的儿子。无论是对男孩还是女孩来讲，他都是一位令人目眩神迷而又冷漠倨傲的美貌少年，是那些对爱情无动于衷的美男子之一，这些人大多数都是猎手。因为他蔑视爱情，艾洛斯就用一种极端的爱情来惩罚他。这种冷酷无情的骄傲让爱恋他的阿米尼阿斯最终自杀，还导致了仙女艾歌的消失，艾歌的身体最终化为了泡沫。失意的爱恋者们求助于神灵来为自己复仇，有一天，在一场狩猎的间歇，口渴难忍的纳喀索斯在一潭泉水边停下来，倒在了草地上，奥维德写道："他喝水的时候，为波光里反射出的自己的影象所倾倒，迷恋上一个没有身体的影子，他当成身体的仅仅是水，他在自己面前神魂颠倒。"（《变形记》）纳喀索斯陷入一种近似迷醉的荒唐而又充满幻觉的疯狂之中，他看到自己，扑向一个幻影，忙于扑灭一场虚幻的火灾。这是一种混淆了真实与表象、神灵与凡人、人与野兽的纯粹酒神式的迷乱。（科吕麦尔说过，当母马们在水中看到它们的影子时，它们就会陷入一场完全虚妄的爱情，它们会失去食欲，被自己的欲望灼烧而死。）这种迷乱导致的纳喀索斯性行为的双重性，使人联想到狄奥尼索斯模糊的女性特征，这位幻景与眩晕之神混合了不相容的事物，逆转了疯狂和相异性。

“多少次他徒劳无益地吻着这富有欺骗性的泉水！多少次为了抓住他在水中看到的脖颈，他将胳膊浸入水中却无法触及自己！他看到了什么？他不知道，但他看到的东西耗尽了他的心力，同样的错误欺骗并且撩拨了他的眼睛。天真的孩子，你为什么要徒劳地执着于抓住一个转瞬即逝的映像呢？”纳喀索斯就这样被爱情烧灼着，逐渐衰竭，最终死于这慢慢吞噬着他的暗火。他“用苍白的手掌拍击着自己裸露的胸膛”，死在自己的影子旁边。奥维德补充道：“甚至在地狱里，他依然对着冥河水孤芳自赏。”在他的尸体所在的地方，人们发现一朵鹅黄色的花，花心四周围绕着白色的花瓣。一些人说这朵花是由纳喀索斯的鲜血生出来的。人们用它编织花环以装饰坟墓。地府冥王哈迪斯的同谋大地女神，为了诱惑贝瑟芬妮将她送入死人王国催生了这朵奇花，这朵地下与地狱神灵之花，这朵令人昏沉迟钝、心醉神迷之花，人们称它为水仙花。

对狩猎和纯洁女神阿尔忒弥斯的忠诚，也许激发了纳喀索斯对于爱情的那种高傲的蔑视，但这种蔑视尤其来源于他不愿被占有的意志。仙女艾歌竭力想拥抱纳喀索斯，他却说："宁愿死也不愿被你占有。"任何的身体接触都让他感到厌恶。"把你的手从我身上拿开"……"他还算柔和的美貌掩藏着一种极其冷酷的骄傲，无论男孩还是女孩都无法触碰他。"跳到河里的赫马佛洛狄忒斯无法摆脱水仙萨耳玛西斯的占有欲，结果他们两人的身体合二为一，呈现出雌雄同体的面貌，纳喀索斯独自待在底比斯的泉水边，无休止地看着自己迷人的映像。奥维德说，对他的惩罚是闻所未闻的一种疯狂。他对所有的引诱都无动于衷，却落入了自己的美貌所布下的迷人的陷阱。因为执拗的纳喀索斯是被他对漂浮不定的幻象、对自己投射到水中的影子的激情所吞噬的，他是自恋的囚徒，更是对他无法捕捉的幻影的爱恋的囚徒。"我逃离追求我的人，追求逃离我的人。"纳喀索斯曾对艾歌说过，"宁愿死也不愿被你占有”，而现在他喊道：“正是因为我被自己缠身了我才无法克制自己。”在仙女艾歌、他的影子和他自己之间只是拒绝、伪装和不停地逃避。他说：“死亡对我来说并不残酷，因为它将我从痛苦中解脱出来。”只有死亡最终能够将拥抱与对爱的拒绝、占有与对爱恋之物的幻觉重合起来。只有它能使人摆脱爱上一个嘲弄人的影子的痛苦。

在这个三人游戏，这种天使环舞曲中，实际上总是缺失之物，不可捉摸的爱情这“令人渴望而又冷漠迷人的魔鬼”（瓦莱里语）在吸榨和纠缠男双性恋。在追逐他的真实与逃离他的幻象之间，他的痛苦注定是为那转瞬即逝的影子而生。男双性恋总是绝望地追寻着被排除的第三者，最终说来，也就是能够占据那个位置的女人和男人们无法计算的总和。痛苦的寻觅，无尽的忧伤，他这项事业永无止境。他永远也不能填满这个将他撕裂的欲望之壑。如果说纳喀索斯在奥维德笔下因为抑郁衰竭而死（在别人那里，他是自杀或者跳入水中追寻他迷恋的映像），男双性恋则无休止地向着一个无处逃避的影像奔跑。尽管令人目不暇接、眼花缭乱的奇景，火山爆发般地照亮、支撑着他的生命，对影子的追逐还是让他精疲力竭。同纳喀索斯一样，他是瓦莱里所讲到的“这种人类混沌无序的美丽的映像”（《纳喀索斯的碎片》）。朱莉娅·克里斯特瓦说，他构造着一段段临时的、蜘蛛网般的、澄澈的爱情（《爱情史》）。爱情对他来讲只是一时的，而一生则是一连串的偶然时刻，一连串的分分合合。在莫扎特的《费加罗的婚礼》中，年轻的侍从谢鲁班忧伤地唱道：“我的心日日夜夜在叹息/谁能告诉我/这是否是因为爱情。”男双性恋对往昔的怀恋绵绵不绝，永远难以排解。

二 肉体的友谊

1.这是当今的时尚。似乎现在不再有同性恋，也不大有异性恋了。只有双性恋。真的、假的和半真半假的。男同性恋的名誉得到恢复，异性恋可以自行其是，双性恋受到欢呼。这是社会为了让那些不合规范的人恢复正常所采取的策略吗？是在同性恋们明确要求社会身份的情境下设置的一道防火墙吗？是为了保护和隔离不安或脆弱的异性恋人群而创建的一个自由区吗？男双性恋们表现得如此高调，也许仅仅是因为人们（看到艾滋病）不得不承认欲望的传输方式远远没有人们所期望的那样规矩，而是充满了不可预测的变故、难以言说的交易和昏暗隐蔽的地带。

表面上，男双性恋拒绝被归类，被指定，被赋予任何一种身份，以此游戏于欲望的起伏波动、情感与性的游牧生活。实际上，有些人自称双性恋是为了掩盖他们的同性恋身份，而另一些人则作为征服者兼并了在那之前被禁止进入但暗中垂涎已久的一块地盘，却没有因此遭受名誉的损伤。因此，对于很多人来讲，双性恋构成了接受自己同性恋那部分的一种更为轻松的方式：一种平滑的过渡。此外还有更多的异性恋越过界限以获得另外一些体验，这些体验与到异性恋的领地里寻猎的同性恋的体验不同。如今警戒是在另一方向上起作用的。

2.过去，人们更愿意将双性恋看作是一些处于待机状态的，还没有跨出那一步的人。现在人们突然承认了他们所有的美德。双性恋们难道是自我优化的一个奇迹吗？是性的耶稣再世，性行为的新时代吗？然而真正的双性性行为是否存在过？人可以从一个身体转到另一个身体，从一种性别转向另一种性别，但对一个人和另一个人的爱不是同等的，或者不是以同一种方式去爱的。人可以从一个身体获得性享受，而仅以一个吻来爱另一个人。人可以有同性恋的幻想却并不爱男人。甚至也许正是在双性恋那里分界线才最明显。实质上，异性恋男人像同性恋男人一样掩藏了自身的一部分，聚集到一起以求安宁。而有些男双性恋则看起来总是因自身而感到痛苦。无论如何，男双性恋实际上在逃脱所有的控制。他在一种波动起伏中穿越陆地，在此过程中他无须再为自己指定任何角色（双性恋这个词是语言上一种方便的叫法，它只是表明对遵从某些严格制度的一种拒绝），但他有权选择自己的角色，表明某种极端另类的，无法挽回的东西。

在性行为方面，太长的时间以来人们设立了种种关卡，建立了种种疾病分类学，禁止自由通行：双性恋们至少宣告了另一种事实。他们想回到多形态的童年时期，重温傅立叶的激情系列小说，重新体验那种混合的激情。他们说，一个越来越禁止自我欲望自由的社会，是一个封闭于习俗惯例与物神护符的社会。如果不是因为无法接触身体，人们为什么突然如此需要影像？在日本，人们把那些人叫做Otakuzoku（保守御宅族）。他们通常是些男孩，年龄在15岁到35岁之间，出现于20世纪80年代后半期，他们通过屏幕与外界交流，神经质地将自己封闭在信息技术为他们打开的虚拟世界中。人们在谈到他们时就像在谈论隐居者、自愿禁闭者，甚至是自闭症患者。双性恋也许预示了一个新的社会，在那里异性性行为和同性性行为等词语将不再通行。这是一个冒险的社会，欲望的表达将在不同性别、不同年龄、不同心性、不同肤色中流动。在这个极度危险的社会，让一个男双性恋进入一个家庭，他会和所有人发生关系，就像帕索里尼的电影《定理》中的情节故事。他忽略年龄、性别或者社会阶层的概念，引诱用人、父亲、母亲、儿子和女儿。当他离去之后，他们全都会处于失魂落魄的状态。唯一能幸免的是女佣，她可以回到乡下的家中，她可以获得赦免。但堕落的中产阶级们全部都会崩溃。因此，总有一个地方，无论你做什么，双性恋都会把一切搞得一团糟。因为它不放弃任何一块领土。很可能也因为它在反抗一种社会秩序，几百年来，这种社会秩序通过强行建立男性霸权一直在规定严格而不可逆转的性别角色。

3.如今人们承认男性友谊实际上已经不存在了。正是这片情感空白被各种混杂的、脆弱的、肉体的关系所占据，人们在其中寻找男性关系，同时也寻找生理依恋的感觉，正如中世纪的骑士军团中存在的那种状况。这种现在已经消失了的友谊可以分成两段：两个伙伴之间的肉欲和严格意义上的同性恋。1908年，雷米 · 德 · 古尔蒙就已承认存在着一种区别于同性恋的肉体友谊（《业余爱好者的对话》）。他说，这种肉体友谊是“身体习性所需要的一种选择”，这种选择仅仅是“一种情感的迷乱”，它不是绝对的，而是暂时的。“同性恋趋向于所有跟他性别相同的人，而听从于肉体友谊的人则趋向于他的朋友，而且只趋向于他的朋友。一段异性恋情完全可以在下一次机会来临时让他重新回到我们称作正常的道路上来。”几乎在同一时期，费伦奇在《精神分析2》（1913—1919）中解释说，现代人没有在同件之爱的基质中找到足以补偿失去的友谊式爱情的东西，也就是说双方能够相互给予的温情与体贴。他还说道，同性性行为的一部分仍然是“自由浮动”的，追求性满足，但由于这在当前文明决定的关系中是不可能的，这部分性欲就得接受一次转移，不得已而突然转向与异性的情感关系。因此如今的男人无一例外都是费伦奇所称的强迫异性恋。为了摆脱男人，他们成了女人的仆从或者投身于追逐引诱女人的唐璜式游戏中。

4．既是女性诤友又是女性敌人的D.H.劳伦斯苦苦追求着心灵的统一，却不敢承担其全部的本能，他是异性恋，然而对男性的性欲倾向却显得极其强烈和具毁灭性，即使他的最后一位传记作家安东尼·伯吉斯（《心中之火》）也因自己被人怀疑将同性恋与异性恋混为一谈而深感不满。让我们重温一遍《恋爱中的女人》吧。伯金承认他在与厄休拉的恋人关系中感到局促。他不想要婚姻，那意味着“接受既定世界”，选择一条单轨路，穴居终生。他说，“一个男人和一个女人的永久结合并不是最终决定性的，肯定不是。”伯金从杰拉德那里感受到一种强烈而充满肉欲的吸引，向他提出“求婚”：“与另一个男人因纯粹的信任和爱情而结合，然后再与一个女人结合”。劳伦斯一直被一种疯狂的想法纠缠着，那就是“血的仪式”，古代日耳曼骑士的血亲宣誓。他说：“您和我，我们应该向彼此承诺一种相互的友谊，一种完美的、最终的、没有可能重新开始的友谊”。早在1915年战争期间，劳伦斯与妻子弗里达隐居在康沃尔（在那里他们被当成一个女间谍和一个疯子），他与当地的农民一起收割庄稼，爱上了一个黑眼睛的凯尔特小伙子，向他提出割腕换血来确认他们的友谊。这令对方惊愕不已，结果自然是惨败。杰拉德也被伯金的提议吓跑了。他不理解，退缩了。劳伦斯从来没有如此表明他对于专属伴侣关系的怀疑，他指出，一个男人自由的部分，也就是他永恒的那部分，也要通过一个男人来实现。他说，我们都是些彼此分离的存在，是些与一个整体分离的碎片。因此他寻而未得的正是这种肉体的友谊，身体的友爱。杰拉德自杀了，小说以极其精彩的一页结束。伯金对厄休拉说："作为女人，你对我已经足够了。你对我来说就是所有的女人。但我渴望的是一个男人的友谊，一种永恒的友谊，就像你我之间的那种天长地久……"她说，这是固执，是怪论，是变态……他回答说："可我不信。"

5.福柯和阿里叶[1]对当代男性社会里这种友谊的缺失进行过长久地思考。福柯在《辩护者》中说，在几个世纪中，友谊曾经是一种非常重要的社会关系方式，在这种关系中男人们拥有某种自由，某种选择。这是一种强烈的情感关系，它意味着某些经济的和社会的责任义务（人有义务去帮助他的朋友）。然而，这种友谊在16世纪和17世纪消失了，至少在男性社会里是如此。恰好男人之间的性行为在18世纪成了一个问题。（过去，人们把同性恋看作性放纵者，有时甚至是罪犯，因此有了那些可能极度严酷——在18世纪有时还会有火刑——但也必然罕见的刑罚。）只要友谊在那时还是一项重要并且被社会接受的事

① 菲利普·阿里叶（Philippe Ariès，1914—1984），法国历史学家。

物，没有人会意识到男人在一起会做爱。况且，他们无论做爱与否都不重要，人们不会从中提取什么社会含义。但是作为一种文化意义上被接受的关系，友谊一旦消失，人们就不禁要问："男人们在一起做什么呢？"

同性恋及其神话的演变，友谊的倒退，大批聚集在社会内部的青少年群体的扩张：这些都是有可能促进双性恋发展壮大的现实状况。阿里叶注意到，过去人们生活在一种发散的、充满偶然性的情感网络中，它只是部分地被出生和相邻的环境所决定，被一些偶然的相遇和一见钟情所影响。在这种看似无性的情感之上，一种介于同性恋边界的男性爱情形式会扎根在某些文化里，但这是一种自己既不会承认也不会认可，任由暧昧存在的同性恋，而这一切与其说是出于对禁忌的恐惧，还不如说是出于对将自己划分在当时社会的两个隔间——无性群体和有性群体——之一的反感。阿里叶说，人们滞留在一个既不完全属于一方也不完全属于另一方的混合区域里。

6.中世纪封建社会很少谈到恋人之间的感情：如此自然的情感人们不会再去强调。但人们异常惊讶地发现，妇女在一个所谓的礼貌殷勤社会里的地位，其实是微不足道的。她们实际是些“无法捕捉的影子”。为了避免遗产的分割和维持财富的集中，大多数贵族青年都会保持单身，组成集团、帮伙。乔治·杜比写道，在这种块状的社会里，男性被迫聚集在一起，从青少年时期起就进入由马队、马厩、武器库、狩猎、埋伏、比武以及男性游乐组成的世界里（《威廉·马歇尔》）。而爱情呢？在那个时期，爱情只是在男人之间才是可以想象和可能的。年轻的威廉在国王亨利的怀抱里，这究竟意味着什么？肯定不仅仅是一种友谊，而是一种肉欲的流露，一种情感的诱惑，同时也是一种学习和启蒙。杜比说，“我们面对的是某种无法言喻的东西”。不管怎样，爱情这个词只是在谈到骑士群体里男人之间维持的这种情感时才会出现。它甚至是封建国家的黏合剂。十字军之王狮心理查的英勇已经成为骑士理想的象征，他自青年时代起就爱上了法国国王腓力普·奥古斯特。《国王亨利二世的功勋》中记载道：“法国国王就像爱自己的灵魂一样爱狮心理查，他们是那样相互依恋以至于英国国王对他们之间灼热的恋情惊愕不已，寻思那是一种什么样的性质。”在进行臣从宣誓仪式时，当一位骑士正式承认他与一位领主的臣属关系时，封建君主与封臣相互亲吻。同样地，尚武的骑士之间会用力地拥抱和亲吻。亲吻是一种男性的、平等的、精英的、公开的举动，在封建社会的大多数仪式礼仪中占据着最重要的位置。正因如此，在经过长久的分离之后，骑士好友们会眼含喜悦的泪水猛烈地拥抱在一起，相互亲吻着在青草地上打滚。杜比补充道，臣属关系此外还是非常含糊不清的。在骑士情诗中，女人似乎不过是一种炫耀演示，一种幻像，也许是一个中间人。究其实质，骑士爱情也许掩盖了本质，或者说在游戏区投射了其本质的反像：武士之间的爱的交流。

7.如热内委婉所言，异性恋男人之间的关系问题来源于友谊，但那是一种使男人完整的友谊，没有它，他们从上到下是裂成两半的（《雾港水手》）。当代社会忽略了男人间的欲望，有时这种欲望会像火山一样猛然爆发。因此才会有这种阳刚的、纯粹的、辉煌的男性环境，在这种环境里，异性恋在自恋的目光交错中不经意地、淡淡地相互爱抚。暧昧是如此明显以至于怀疑几乎成为事实。这就是人们所说的男性友谊。男人之间喜欢相互对视，相互炫耀，相互评价，相互觊觎，相互触摸。赤身裸体，毫无保留地相互给予是一种兄弟友爱的通行证。他们封闭在自己的群体里：他们感到获得了解放，相互之间是一种简单自然的关系，能够迅速地达成一致。例如，橄榄球赛的第三个半场就体现了这一点。（怎样才能比三个半场——两个正式的，一个预备的——这样更好地定义双性恋？）“当他们‘上场’后，那些男人们感觉重新体验到男性的默契，那曾经被他们放弃的失乐园，他们几乎在我们眼皮底下交配。”本能的欲望被克制到足以保持强大的张力和强烈的吸引力，此时从来无须言语的表达：这是友谊的沉默法则。身处呼吸相通、勾肩搂腰、彼此拥抱、相互挤压的男人之间是对运动快感的一种巨大体验，而且必定是中世纪肉体友谊最后的残余之一。这是团体狂欢的衍生，是现代的骑士之风，它公开了男人身上原始未开化的那部分，也就是说他们的男性情感的部分。那些愿意先后献身给几个球员（在那种情况下，球员之间以妻兄妻弟相称）、随时准备开始一种毫无禁忌的性游戏的女球迷们，注定不可能与球员们建立情人的关系，而只能是巩固团队整体，以一种团体爱情的形式拉近球员们的身体，她们只是这场团体爱情中必要而脆弱的纽带。

这种男性气概的纵情恣肆让我想起了康拉德·洛伦兹的论述，“公鹅伴侣中发生群体兴奋的现象要大大高于异性恋伴侣”。他说，公鹅伴侣远比异性恋伴侣更容易喧哗骚动（《灰雁》）。“伴随着喧闹的鸣叫声飞翔落地的一对鹅通常是一对公鹅。”它们显得特别富于攻击性，各种柔情蜜意略微增加的表达频率使这一对儿更像是一对新婚不久的异性伴侣。伴侣们非常亲密和睦，它们交流时发出的声响通常表明了对于低沉轰鸣声的一种偏好，尽管它们经常也能够在“面贴面”时发出一种嘎嘎的叫声。当然，也有一些公鹅伴侣，其中的一只会定期与另一只交配（从解剖学上来看，这完全是可能的），但这远远不是惯常的情况。此外，交配作为伴侣关系的因素并不具有特别的重要性，与另一只公鹅的结合并不比一场异性婚姻预示着未来更多的交配。一些经历过长久婚姻并且多次繁殖的鳏夫鹅会经常与另一些公鹅结合 （尤其是那些处于相同境况下的公鹅），就像许多公鹅伴侣中的一方在它们的配偶死后经常会与一只雌鹅婚配。洛伦兹说，不应该把这种现象看成一种反常的秉性，而应看成一种特别强烈的依恋性社会行为。

8.普鲁斯特曾经说过，同性恋的性幻想对象是异性恋者。同性恋是被诅咒的族类：“……这种爱情的可能性对这些陷入情网中的人来说几乎是不存在的，而对它的期待却给了他们承受诸多风险和孤独的力量，因为他们爱恋的恰好是一个没有任何女性特质，一个不会发生逆转，因此没有可能爱上他们的男人。如果钱不能为他们买来一些真正的男人，如果想象最终不能让他们把向他们卖淫的同性恋当作真正的男人的话，他们的欲望便永远不会得到满足。”（《索多姆与戈摩尔》）这种情况如今仍然存在，而且几乎是以猎奇或者偏执妄想的形式存在着的。有些女人爱上了一个男人，而这个男人无法挽回地被另一个女人占有着，看看那些女人的态度吧：男人爱上喜欢女人的男人的故事就是这种情节剧的男性版本。这是后街男孩的故事。但普鲁斯特没有谈到这一点。他说，男同性恋总是不幸的，因为他真正的目的是异性恋者。这种不幸的感觉与其说来自于他的同性恋身份，不如说来自于他那经常受挫或者落空的欲望，来自于他必须用一些诱饵、一些伪装来满足他的欲望，就像夏吕斯侯爵在于比安的“公馆”里所做的那样，而实际上没人会上当受骗。但是普鲁斯特生活在一个伪装和谎言的社会，在那里异性恋者是绝对的社会指定角色，同性恋者很轻易地就被归入一个“被诅咒的族类”。如今，对于男同性恋来说，问题不再是对一个异性恋产生欲望，而是有权说“我想对谁产生欲望就可以对谁产生欲望”。说到底，正如热内所说，“男性特征一直是一个游戏”，或者说是一种姿态（萨德）。男性特征不再是不幸的原因，而是一种可互换的附属品。

然而，具有特殊讽刺意味的是，在当今，异性恋男人的性幻想对象是男同性恋，是捉摸不定、令人困惑、不受束缚的男同性恋。这样一种性欲的谵妄，这样一种交易的便利，最终扰乱了异性恋者的“精神舒适感”。同性恋者打乱了我们的选择，特别是享受了我们不敢享受，至少不敢公开享受的奢侈：异性恋者就是这样想的。娜塔莉·巴若在介绍最新一期关于法国人性生活的《斯皮拉报告》（1993）时，冒出了这句轻率之语：“首先，男人们是些骗子，有些人对我们说在生活中曾经有过一千多个伴侣。”显然这在她看来是难以置信的。她错了！此外，对于金赛在1948年统计调查的某些同性恋也曾有过类似的评论。但是人们理解这样的宣言让异性恋者感到恐慌。无论厌恶排斥还是缺乏可信度，同性恋（或双性恋）令人难以置信的性高潮尤其让异性恋者感到惊愕的是它的次数。对异性恋来讲，性享受在于性生活的丰富。在恐同症的后面，有着长期以来对于纵欲的恐惧。因此人们会大惊小怪，尖叫抗议。说他们是性饥渴患者，像野兽一样交配，他们只追求快感，他们只谈论屁股。他们确实经常谈论屁股，他们还谈论做爱，谈论表皮，谈论黏膜，谈论皮肤。他们通过身体进行思考。身体甚至完全俘获了他们。异性恋们对此感到惊恐不安。有些词让他们歇斯底里。特别是男同性恋们在任何环境下都张扬他们的身体和性取向的方式更令他们感觉受到挑衅。只要看看一个同性恋者就知道了，那是纯粹的、激昂的性爱。异性恋们总觉得自己被灼伤了。

9.如果说同性恋现在让异性恋们兴奋激动，那是因为他们想象同性恋的生活充满了艳遇，是一个黑暗的旋涡。在这一点上，他们当然是大错特错了，但这并不重要。同性恋，就是一个想什么时候就什么时候、想怎样就怎样、想在哪里就在哪里性交的人。这是一种错觉，他们的错觉，而且这种错觉根深蒂固。一天，一位已婚小学老师跟我解释说，一天下午，他突然生病，到医院看了急诊，不得不坐地铁回家，他才多年来第一次感觉被一些能激起他欲望的女人包围着，他为此深受一种犯错感的折磨。这正是同性恋者所说的：在欲望方面，一切都是可能的。而异性恋不能原谅同性恋的也正是这一点。异性恋对同性恋的态度可以是同情、好奇甚至仇恨，但其实一直都是被同一个想法纠缠着：他们的性交比我们多。所以，异性恋的意识是纷乱而又虚弱的。这个世纪末的脆弱之人，就是他。他尤其嫉妒同性恋们那种孤独的生活。孤独让性情更为尖锐。孤独让性情变得更无拘无束，更狂热激昂，更焦虑不安。异性恋们最缺少的，就是支配自己的权力。他们从来不在人们确信能找到他们的地方。他们失去了调情的轻浮，变态的暧昧，机智的火花。

异性恋们在同性恋那里觊觎的最终不是性爱，而是他们的行动自由。在此之前人们一直认为同性恋是受害者，不幸的典型，漂泊的灵魂，而现在他们突然发现这是些跟其他人一样的男孩，他们是迷人的，甚至是优秀的，他们没有女人的压力，他们处于时尚的前沿，到处旅行，自由自在：他们是新的征服者。所有20岁到25岁的单身汉都渴望像与他们同龄的同性恋那样生活，因此而去尝试那种性爱，重新获得他们羡慕的那种自由，为什么不？一些人甚至能在一个星期内就离开他们的妻子。他们履行家庭义务仅仅是出于一种从众的心理，然后呢？他们30岁了，也许有个孩子，他们对生活感到满意，但又感觉什么也没有经历过。他们在社会阶层上晋升的可能性局限于10年的时间。他们的妻子像他们的母亲一样成了母亲，他们感觉落入了一个圈套。迈克尔·克里伯格说，这是一种“世界的客体性忧郁”：男人不再承受作为一个有着某种社会功能的人的重负，为人夫，为人父，他不再承受这种身份，而是梦想着能够消散，熔化，最终消失。也存在着一种男性的包法利主义：他处在一种无名的悲伤和倦怠之中，却不知道为什么。他有一位非常出色的妻子，一位从不犯错、通晓世事的妻子，他却突然渴望其他的东西。他渴望能够经历一种自我的张扬，经历某种富有魔力而又被禁止（即使在最宽容的社会体系里）的东西。他被迫采取一种防卫姿态，他做出一些有挑衅意味的事情，他在大街上公开与另一个男孩亲吻。这是他失去理智、不再自我防护的时刻。

10.“如今已经不再有边缘了，边缘在中心。”（索莱尔斯语）家庭越来越消解，分散，重组。双性恋者潜伏在夹缝中。异性伴侣的模式被建立在一种新的格局之上，没有什么是既得的或者继承的，一切都是日复一日在一种对自我的不确定和关系的脆弱性基础上构筑起来的，仿佛同性恋的模式实际上已经渗透到社会中，渗透到那些最多变的年龄阶层，他们最能接纳欲望的不稳定性，性与情感的分离，性伴侣的更换，他们在某种程度上漠视性别的差异。菲利普·阿里叶在《西方的性爱》一书中已经谈到这一点。从今以后，整个社会都会或多或少地趋向于适应同性爱的模式，尽管还会有些阻力。阿里叶说："角色是可以互换的，不光父亲和母亲的角色，性伴侣的角色也是可以互换的。奇怪的是，单一的模式是男性的。"他还说："人们不再相爱终生，相爱只是为了那无法延续的片刻的激情，一种仿佛与柔情、感情不甚相容的激情。同性恋是全新的，独立的，处于传统、制度的边缘，这就是为什么它能将注重性高潮的性二分法贯彻到底的原因。同性恋成了一种纯粹状态的性爱，一种先导式的性爱。"

米歇尔·博宗说，在美国，当离婚率上升时，再婚率也上升。在法国，一切都在下降，无论是新婚市场还是二婚市场。婚姻模式受到攻击。在二十年间，婚姻失去了它的必要性（三分之一的婚姻以离婚告终）。对异性恋来说，离婚是唯一的逃脱方式，是他们能找到的唯一的出口，是唯一能够到别处寻求艳遇的方式。罗伯特·怀特在《道德动物》中评论道，一夫一妻式的婚姻是一种反人性的制度。让人有一天梦想离婚的，是对自由的渴望。这也是单身者数量呈现令人惊异的增长的原因。在法国，离婚频率的高峰期是结婚四年之后。由于离婚，人们进入了系列性的单一配偶制或者连续性的多配偶制的时代。社会学家让-保尔·考夫曼甚至发挥出“暂时的专一性忠诚”这一大胆观点。他说，夫妻生活越来越呈现出序列片段的形式（人的一生中可以形成几对配偶），但每一次对承诺和忠诚的要求都是极高的，必须完全真实。由此产生的悖论是：忠诚的至高无上突出了夫妻关系破裂的数量。当关系不再圆满，人们就撕破它。总之，人们越忠诚，就越是要离异。因此，在这些碎片化的生活中，如果只有些临时的聚合体，一些不稳定的模块，对于性客体为什么不能同样如此呢?

11. 行为上的性去差异化，对新感觉的追求，对自身局限的尝试，特别是情感隔膜的消除，因而允许出现一种能够自由选择的欲望，在特定的时间，特定的地点，与一位合适的伴侣。这就是人们所说的多配偶制。它导致了一种个体的被分割化，在工作中或者身体的外科手术中都可以见到这种分割。这是一种性欲的分散，性欲随目的或者对象而变化，而无须成为性倒错的问题（如弗洛伊德所说），或者说，应该被称为变态的不再是歪曲词语顺序的人，而是分解整句话的人。这片被贬斥到禁忌和边缘的地带因而至今尚未被探查的欲望区，终于显现出来。模糊的阶段，自由的时刻构成了有利地形：双性恋包围了男性性爱不可能错过的区域。把双性恋限定为一种短暂易变、模糊未定的青少年性爱体验将是一个错误，因为如今整体的生存状况都处于不稳定和永久的试验状态。情感选择如职业选择一样不再像过去那样一成不变。同样地，在服装时尚领域，我们不再区分冬天的面料和夏天的面料：从今往后，我们只是添加、重叠、混搭。一切都变得动摇不定。我们明白，在一个对自我缺乏确信或者说对长远计划缺乏专注的时代，双性恋是这个时代的一个新实验数据。我们参与的节目都是短时的。我们想时刻处于兴奋状态，遏制性欲的减弱，什么也不错过，在任何事情上都押赌。我们是自我的冒险家。我们更喜欢批评，无所顾忌，野心勃勃，我们因此释放自己身上那一丝同性恋的冲动。

12.甚至有些人为了避免截断自我的一部分而重新考虑伴侣的选择，特别是伴侣关系中“友谊”的概念。粉碎敌对的岩石，调和相互排斥的欲望。设想一些协议，选择迂回的方式，让一切都重新开始。一方面，是建立一种情感关系和共同生活的欲望，另一方面，是体验多样和即时性爱的欲望。越来越多的年轻人试图找到能够将两者衔接起来的解决办法。作出相互的适应，订立自由结合的协议，创造一种私人的道德，玩弄规则，对抗法律，同意分割情感与性。不会因为听到“我什么都想要”而感到烦恼，追寻脆弱的平衡，临时的状态，砸碎所有棱角尖锐的结构。吉贝尔·拉斯科说：“引诱，也许就是永远喜好圆环、螺旋、迂回和改道”，是对阿拉伯花式乐曲的偏爱。

三　金赛、数字与基因

1.双性恋对统计调查构成了一种挑战，因为它打乱了惯常的分类标准。与这种仍然无法量化的欲望形式相适应的模式图还未出现。人们接受它是一种不成熟的、暂时性的状态，但似乎很难允许某些人最终不作出选择，而是永远让自己的生存状态成为一种混合的、未定的、游移的模式。金赛对此给出了鲜明的反证。金赛是生物学和动物学家，专门研究黄蜂的生活习性，制作过上千的黄蜂标本，他在印第安纳州立大学建立了一所性学研究所。战后，金赛以主要居住在美国东北部、来自各个阶层的12 000名成年人的证词为依据，进行了一次大规模的统计调查。金赛致力于将性爱从美国清教徒的道德中抽离出来，在《人类的性行为》一书中，他极力将同性性行为平常化，认为这种性行为过于普遍而无法被压制，极其正常而不应受到谴责。

2.那么金赛的研究方法中有什么革命性的东西呢？首先，他拒绝任何身份的概念，他只对性行为感兴趣。行为学家的立场让他将性高潮看作性享受的最小单位。对他来说，那是一个几乎中性的、客观表述的数据，远远没有“性交”（包含插入的意思），“关系”（意味着时间延续），特别是基督教“两性结合”的观念来得动人。性高潮是不区分对象的，它甚至是一种男人可以为之骄傲的正面价值，一种纯粹的阳刚之气的显示。性高潮与性无能相对立，将性爱还原至其短暂的、不固定的、游移的状态。性高潮与一种性别身份无关，而与一种性行为有关。无论人们以何种方式获得性高潮，它似乎都牵涉耗费同样的生理能量，在此范围内，金赛承认每一种经验形式都可以具有一种独特的意义，但即使如此，对他来说，性高潮也只是一种有用的数学工具，它可以将不同的性活动统一起来。

3.但毫无疑问是，连续体这一概念构成了金赛的重要创新之一。对金赛来说，不存在同性恋或异性恋人格，而是因人而异在人的一生中存在着多样的行为和吸引力。他说，“世界并不是分成母羊和公羊两部分的，根据生物分类学的一条基本原理，自然极少与明显的类别有关。生命世界即使在其最细微的方面都是一种连续体”。因此对金赛来说，同性恋和异性恋处于一个梯级（刻度从0到6）的两端，沿着这个梯级，人们从专一的异性性爱过渡到专一的同性性爱，大多数人处于这个梯级的中间，有可能对来自两性的刺激作出反应（但现实情境迫使他们在一生中大部分时间都仅局限于单一性爱）。人们可以理解这个观点的重要性。就统计意义上的大多数人对一个微不足道的边缘群体所持有的普遍看法而言，金赛的观点是对观察角度的一次彻底颠覆。像卢克莱修的原子论一样，双性恋是一门湍流的科学，其中的一切都是不稳定、不牢靠的，一切都随时可以变成中心。因此在决定论的法则之外展现了一种碎裂的、极不平衡的现实，一种充满了可能性的现实。此外，金赛还特别指出，如果说双性恋是人类的正常状态，它并不意味着任何生理学上的雌雄同体，也不意味着确定的性角色。他说，与动物行为相反，在同性恋关系中，为数众多的男人和为数众多的女人，从他们（她们）的姿态和性挑逗方式来看，与那些只有异性恋关系的男人和女人有着同样的阳刚和阴柔。

4.金赛的研究结果闻名于世，但似乎被忽略了。他的结论是，只有一半左右的男性居民具有纯粹异性恋的性行为，纯粹同性恋的个体只占4%的微弱比例。因此，在将近一半的人口中，一些个体既与异性也与同性有过性关系或者精神恋爱。再明确些：37%的男性在16岁至55岁之间有过至少几次同性性行为并达到了性高潮，25%的男性在至少三年期间有过不止一次的偶然同性性经验或者同性性行为。金赛补充道，这些数字当然要高于人们至今为止掌握的数字，但应该低于实际情况的数字。比如，在已婚男人当中，同性性行为发生的最高概率似乎集中在16岁至25岁期间，涉及这些男性总体中几乎10%的人。“有效数据似乎表明百分比随年龄的递增而下降，但我们暗示过，这些数字很可能是不可靠的。很多经常有同性性经历的男人可能不想接受我们的调查。”

金赛还评论道，在一些偏远的乡下地区，在伐木工人、牲畜饲养人、淘金者、矿工、猎人和其他在野外工作的人群中存在着大量的同性性行为。“这是深刻影响了探险者和开拓者性生活的那种同性性经验类型。”美洲对此感到震惊，但它错了。瓦尔特·惠特曼已经明白，最终构成美国梦一个重要部分的东西，正是所有男人身上都存在的这种情爱可能，其根源恰恰深植于“边疆”的故事和那些远离家园、婚姻和女人的开拓者——也是文明的建造者——之间情谊的具体故事中。惠特曼对流浪者、对一个城市一个城市寻找工作的那些年轻的无产冒险者所怀有的热爱，来自于美国史诗的这种宏大。实际上，这种背井离乡的漂泊、这种在西部广袤土地上的流浪与一种深刻的民主潮流达到了完美的统一。它表现了兄弟情爱那种无拘无束的自由。

5.约翰·博斯维尔评论道，如果说金赛的分类实际无法让人知道个体对其性行为的认同程度，甚至也无法精确评估性欲在何种程度上更取决于对方的性别，而不是性活动本身，至少同性性爱对他来说涵盖了同性之间的所有性现象，无论这些现象是一种确定的性取向，一种无意识的欲望的结果，还是某段时间内一种需要的结果。有些人反驳说，“性爱，要远比性行为丰富得多”（而且，人们可以是同性恋者但没有同性性行为），但是从一种身份出发，这其实也是排除了不存在于任何地方的一整套性行为，而这仅仅是因为没有人宣称有过这些行为。金赛对同性恋的本质毫无兴趣，因为它排除了男人之间很大一部分的性体验，于是他从性行为着手，尽力描述一生经验中的一个时刻，一种临时的性形象，采纳一些复杂而独特的生平经历作为依据。此外，像弗洛伊德一样，他还认为，如果说人类天生具有对来自两性的刺激作出性反应的能力，那么促使大多数人选择某种性向的则是社会因素。他说："如果没有社会约束与个人冲突的强大控制，同性恋有可能凌驾于异性恋之上。"这一点令他极其怀疑同性恋的遗传学和生理学起因，因为这样一种先天特征其定义本身就意味着以后不可能再有任何的改变。而连续的双性恋现象则驳斥了这一点。

6.近年来，无论在美国还是法国，人们都在急着修正这些令人不安的数字。对于性爱来说，是否存在着一种干季的枯水期和一种湿季的枯水期？无论如何，很明显地存在着一些人们公开暴露的时期和一些人们自我保护、如提防甜言蜜语般提防爱情的时期。人们知道当今那些散发着寒意的潮流。巴黎现代艺术博物馆里一次近期的展览就被命名为"爱情的冬天"。荨麻束，瓦砾花，浮冰似的白，到处都是白色。时代的标语是："自杀吧，爱情死了！"法国国家卫生研究院正是选取了这个时机对法国人的性爱进行民意调查。《斯皮拉报告》给出了同性性行为不大可信的数字：4.1%（双性恋也包括在内）。一涉及性，数学总是跟自己过不去。因为有些人保持了沉默。因此《斯皮拉报告》的作者们不停地在做降调处理："我们的调查结果也许低估了年轻人中的同性性行为"，"有些无意识的否认我们无法察觉。4.1%的数字相当于承认自己同性恋身份的那部分人的数量"。问题是：一种无身份的性行为还存在吗？调查者们提醒道，实际上，这项研究首先分析的是法国人对自己性行为的陈述。这是一种镜子效应：性或者人们如何委婉地谈性。阿尔弗雷德·斯皮拉承认对同性性行为的一种低估原则，"因为那仅仅是行为的声明，而同性恋是一种在社会上被贬抑的行为"。而且人们过快地忘记了这项调查是一个预防艾滋病项目的一部分。"危险"性行为的普查？寻找能解决所有问题的决定性测试方法？或者一种确定的终极标准？人们对此持怀疑态度，保持缄默。

关于双性恋，报告显示64%的同性恋其实是双性恋。好极了。为什么不是这样呢？但在异性恋中呢？一片空白，只字未提。“就当人们意识到有整整一类人不认为自己是同性恋吧。但是没有理由认为这些人是有意欺骗。他们不宣称自己是同性恋是因为他们不认为自己是同性恋。”（米歇尔·博宗）这就是为什么你们的数字是真实的。有些同性恋对多数人来讲是双性恋，有些双性恋对所有人来讲都是异性恋。令人感到好奇的是男人和女人在回答某些性行为问题时经常出现的差异：76%的男人和66%的女人都体验过口交，那10%的差异哪里去了？很可能像酒精一样蒸发了。肛交也是同样如此，30%的男人和24%的女人承认有过肛交，6%的差距。对此没有任何评论。更严重的是，没有一位农耕者承认自己是纯粹的同性性取向（让人以为是农民发明了双性恋），工人群体在同性恋中的比例是异性恋和双性恋中的八分之一到七分之一。很可能同性恋们尽其所能来逃避一个压迫和敌对的环境，抑或他们更愿意结婚，但他们仍然是同性恋。一项调查中没有一位农耕者是同性恋，这样的调查如何能让人相信？总之，在1993年，法国人是如何回答关于他们的性爱问题的呢？人们真的能对这样一场夫妻和家庭宣福礼的全体大合唱赞叹不已吗？法国人显然学过怎样守护他们的秘密，学过即使在梦中也要守护那些已经消亡的价值观。

7.为什么男人的双性恋行为在今天会被低估，如果没有被否认或者被限定在少年时的某个阶段的话？①因为它通常不会导致任何关系的建立，人们无法清点诸多偶然的、短暂的和完全不被人所知的性行为；②因为大多数时间，它没有被看作一种身份，而是被看成一种没有结果的性行为（而且，插入不是一个必要因素）；③因为双性恋们一心要维护一种男性气概的形象，更多的是要维护他们内心中自己的社会形象。所以，如果说他们当中的大多数要逃脱大众的视线，那是因为他们不愿背负社会对同性恋的非难的压力；④因为双性恋们满足于符合社会规范，他们的处境使他们能够很轻易地掩盖其身份的模糊，将其公开对他们来讲没有任何好处，同样，在那个问题上进一步追问自己，自我揭示身上同性恋的部分对他们也没有好处。这样的安排使他们能够允许自己有所偏差而又不至于损害规则。大多数男双性恋不会撒谎：他们给自己保留一份阴影。准确地讲，这是些“零口供的人”（就像在封建社会里人们对流浪汉的称呼一样）。

一个已婚男人如果与一个女人有段艳遇，他或多或少会向她证明他对她的依恋，对她说些关于他的事情。不管怎样，她可以要求他这样，一般来讲，她有资本要求这种事情。而一个异性恋男人总能支配一个试图进入他生活、想要将他引入一段长期稳定关系的男孩。这位恋人将不会有任何特权，原因很简单，对方并没有爱上他，他随时可以被取代。异性恋通常滥用的就是这种权力。他有着主人的盛气凌人和免于处罚的特权。有些人甚至让他们的夜半情人睡在别墅的车库里。第二天，他把情人塞进汽车的后备箱以免被人发现。在这种事里，性欲得到了极大满足，但异性恋的同性性行为实际上被掩盖了。他完成了同性性行为的壮举，而别人却永远无法证明这些行为，更不必说将之归咎于他了。在民意调查中，那类宣称“不知道”的人就是这样的人，也就是说他们对自己的同性性取向无知到何种程度，似乎他们自己也不在意。

8.金赛用连续体的概念事实上将性欲的流动性载入人类生命的过程中。他指出，实际存在着一种性欲的中间状态和一些不稳定的边界。人们知道，异性恋这个词是德国精神病学家们，特别是卡拉夫特–艾宾（1889）发明出来的，仿佛异性恋者需要创造这个概念来删去、清除自己身上同性恋的任何痕迹。因此，表明自己是同性恋非但没有引起异性恋们反感和不快的感觉，反而消除了他们的疑虑。实际上，异性性爱的实质是建立在对同性性爱的恐惧之上的。吉罗杜的剧本《贝拉克的阿波罗》 中阿涅斯的台词常被异性恋引用：“我害怕男人”，对此，同性恋者说：“我爱男人”。因此，让人承认自己的同性性取向是异性恋们为了让自己确信所能采取的唯一策略。这种分类方式显然是另一种指责方式。

因为同性性爱中令人恐惧的东西，是它对异性恋者所构成的诱惑。啊！同性恋的纵欲！异性恋者把那叫作劝人改宗的热忱。异性恋们对劝人改宗的热忱、对改变性向、对诱惑有种偏执的恐惧。马莱克在《诱惑之书》中说，诱惑与流浪和社会偏航相关。这是一种手段，它将人“引向一个他没有为自己选择的地方”。只有魔鬼在本质上是“诱惑与欺骗”。但是在同性恋的诱惑中，幻觉究竟在哪里？劝人改宗这个观念想要表明有两种类型的同性恋：一类生活在同性恋者之间，生活在烦恼不幸与精神上的无依无靠和难以消解的孤独之中，另一类则放纵欲望，扰乱事物的秩序。但是，如果说长期以来，人们为了社会道德或宗教道德的原因，为了优生学的原因，为了人口统计的强制需要而想过监视和防备同性恋行为，这首先难道不是因为它可能是一种过于强大的诱惑，一种能引起欲望的诱惑？贡布洛维奇在《遗嘱》一书中说，有着千年历史和现实性的、始终无法抑制的同性恋仅仅是一种误入歧途吗？如果这种迷失经常发生，如果它是一种普遍的存在，这难道不是因为它是在诱惑无法抵挡的土地上成长发展起来的吗？

实际上，双性恋者只是在艾滋病爆发以来才真正被承认，因为人们曾将他们视为病毒传播介质和传染性因子。人们指责他们是“共享分子”，就像过去人们对要求土地均分和所有财产共享的那些人的称呼。换言之，他们是些特务。双性恋也许符合欲望的双重性，但它是死亡的使者，很快就有了这种说法。父亲的神话遭到了致命一击。看看那些女性杂志在二十年间关于这个话题的演变吧。刚开始，同性恋是一副反常畸形儿的形象。80年代期间，他变成了不忠的丈夫。现在，双性恋丈夫是一位有罪的父亲。就在不久以前，作为受害者的同性恋至少还能用自己的不幸造就一位女英雄：他的母亲。同性恋的母亲成了一位悲伤的圣母，她饱尝痛苦但理解儿子。世界上所有的母亲因此都开始关心同性恋的不幸。然后呢，不再是儿子，而是父亲了。这个双性恋父亲产生于一个病毒的繁殖。这种切入正题的方式未必被人很好地理解。此外，即使在今天，电视上关于不忠的节目也仍然不会向观众展示丈夫与一个男人有染而发生的不忠。这是令人无法想象的。的确，这已经不是一个丈夫，而是一个“同性恋父亲”了。

9.双性恋当然不存在。它不是一种有别于另两类性爱的第三类性爱，而是对一种性爱和另一种性爱的兼享。在哪些方面双性恋与单性恋形成对比呢？即使两者之间会有一些仿效，一些拟态现象，还有从一种性爱过渡到另一种性爱，从一种情感类型过渡到另一种情感类型时产生的干扰，它们仍然是性爱的两种相同的形式，这两种形式相互推动，相互作用，有时谁也离不了谁。总之，它们是一个男人生命中的两个时刻，是其生活方式的两个片段状态，两种可能的诱惑，但感情不会因此而平分共享。此外，并没有双性恋的世界，只有一些旅游观光客。尽管双性恋者的性爱，根据每个人的独特经历，或多或少都是充满幻想的，时有时无的或者不受束缚的，人们依然可以撇开这个事实谈论异性恋式的双性恋和同性恋式的双性恋的原因就在于此。弗洛伊德说过，理论上讲，所有的男人都是双性恋。戈尔·维达尔更现实地观察到：“解释一个人性取向的是其所处的环境、场合和习惯。”潜在的或可能的双性恋有时会找到方式表现出来，有时不会。说到底，双性恋不存在，但它又能永远存在。双性恋不应以直陈式的方式，而应以祈愿式的方式被审视，在古希腊语中祈愿式可以将行动表述为一种设置好的或者所希望的可能性，因而是欲望的一种形态。

10.近来，美国科学家发现，将一种基因移植到一些雄性果蝇身上可以将这些昆虫变成同性恋。科学家观察到雌果蝇身上没有发生任何变化，而大部分雄果蝇则投入到一种接近于链式的交配行为中：一个接一个成环状。对此的解释是：实验操作阻断了果蝇脑中5−甲氧基色胺的分泌，这种化学物质是一种神经冲动传送媒介，它的缺失与暴力行为、抑郁、酗酒和同性恋相关（同性恋行为习惯性地被纳入这些不恰当的关联，托马斯·阿奎那已经将它比作食人肉、人兽交、摄食垃圾之类的行为），但是果蝇的性生活充满了意外。其他研究人员成功地将果蝇变成了双性恋。这是一个令人惊诧不已的发现。直到现在，果蝇从未在这个角度下观察过生活。通过人为地将果蝇大脑中涉及性伴侣选择的两个区域雌性化，人们观察到雄果蝇准备平等地向两种性别的果蝇献媚求欢，但人们不清楚这是由于它不再能很好地区分它们各自的气味，还是基因操作的效果让两个性别的果蝇对它具有了同等的吸引力。西蒙·勒维[①]（圣迭戈）在一项研究中力图表明：男同性恋者下丘脑的一个区域，像女人的一样，是男异性恋者同一区域大小的二分之一；迪恩·哈默（华盛顿）则对同性恋者的基因进行研究，两人都对双性恋果蝇极感兴趣。迪恩·哈默认为双性恋果蝇的存在证实了一个普遍的看法，那就是："大脑是性行为发生的真正地方，雄性和雌性的大脑里的线路布局是不同的，这种布线方式是由基因程序设定的，其变化能够导致性行为上的差异。"

1993年，哈默声称发现了X染色体　（母亲传给儿子的最大基因遗产）的一个区域，他将其命名为Xq28，这个区域里可能包含了假想的同性恋基因或基因群。因而在1993年的夏季，几乎到处都能看到一些T恤衫，上面印着"Xq28——妈妈，谢谢你给了我这个基因。"遗憾的是，在异性恋身上也探测出了这个著名的Xq28区。因此，人们有可能是该基因的携带者却并不将其显现出来。也有可能这是一种比人们以为的还要普遍的游动基因，它几乎已经渗透到无所不在，什么都无法确定。大西洋彼岸男同组织

① 西蒙·勒维（Simon LeVay，1943—），出生于英国的美籍神经科学家，因研究人脑结构与性取向的关系而出名。

的活动分子们对哈默的发现感到称心如意：人们终将承认我们作为天然的少数群体，如黑人和西班牙裔一样，所应享有的权利了。而在别处却是一片忧虑不安：人们为什么不查阅一些同性恋检测报告，来消灭那些携带同性恋基因的胎儿，满足我们对优生儿的渴望呢？基因成了孕育最陈腐的谗言妄语的母体。哈默的发现与1910年前后自达文波特以来宣称基因决定论的其他所有发现不谋而合，根据这个理论，贫穷、酗酒和精神分裂症都是由基因决定的。

这样的一种假说，虽然还未经证明，但给所有那些依然相信异性恋是沉默正派的大多数的人，带来了一种巨大的满足感。因为基因是内在的密码，是无法抹去的纹身。一个基因是没有传染性的，但有遗传性。它是无法跨越的障碍，是最终免疫机制。自19世纪以来，人们坚持不懈地要以各种方式纠正同性恋：化学方法，外科手术，心理治疗，等等。一切都归于失败，或者说几乎失败。既然同性恋者被刺上了基因的纹身，人们完全可以实现对他们的灭绝。另一个好处是：有了标记性的基因，人们将无须再担心出现盲目轻率的两面派，不可靠的混合体，不稳定的类型，简言之，也就是双性恋。基因是生理差异，是能够将同性恋行为从可疑或焦虑的异性恋者身上彻底根除的致命武器。在对同性恋的污名化之后（类似于鸡奸者的《红字》），人们又试图通过基因来识别他们。人们发明了基因的黄色星章：不需要再加密了，只要解密就够了。

在什么样的隔间里才能抑制一种游移不定、无法想象、无法忍受的同性恋行为呢？从19世纪末的心脏病医生到纳粹的人种改良学者都提出了这个问题。如今人们能更好地理解这种研究的狂热，这种要强行将同性恋安置在神经性、先天性、生理性范畴的意志。吊诡的是，总是同性恋者，或者他们的亲密战友，制造了他们自己的理论枷锁，他们追求与社会其他成员的隔离，构建他们特有的身份作为防卫姿态。赫施菲尔德说（1914）：“我们应该解释说同性恋是一种天生的行为，不会引发病人的任何错误，其本身并不是一种不幸，但因为它所遭受的不公待遇而变成了一种不幸。”他没有意识到他自设了陷阱，自然也没有预见到二十万犹太人（奥地利新教教堂提供的数字）将在希姆莱的命令下遭到屠杀。1933年，赫施菲尔德的性学研究所被摧毁，领导成员被投入监狱，然后被送往死亡集中营。至于文档，都被扫荡一空。总之，没有任何东西表明，即使没有最终解决方案，人们不会大批地、不受任何惩处地求助于一种最初方案的效力。

四 现 状

记忆的空白

1.异性恋者的双性恋行为是男人之间经典的勾引游戏，是偏航的欲望，细小无声的满足。人们游戏于禁忌、战栗与记忆的空白。这是男性性爱的“黑箱”，“双层夹底”，难以破解的符号。没有什么新鲜的。但是有多少人达到了性高潮并没有统计过。奥南[①]的罪行是一桩完美的罪行。人们随时随地，机会合适时就性交。这是些与偶然

① 奥南，圣经中的人物，犹大的第二个儿子。在犹太的古老习俗里，当哥哥没有留下后代而去世时，年轻的弟弟有义务娶寡嫂为妻，并将所生的男孩作为亡兄的法定子嗣。奥南违抗父命，与寡嫂欢乐之时将精液洒在地上，不愿为哥哥播种，结果上帝发怒而杀死了奥南。以他的名字命名的“性交中断法”（Onamism）却一直流传下来。

意外、行动自由、寻奇猎艳相关的交易。是既没有吵闹也没有明天的便利性爱的时刻：谨慎低调是一种行为准则，见面约会是一种破格优待。总有一丝风险让神经保持警觉。这种性爱既没有过去也没有未来，没有内疚，就像是一种完全弃权，其中没有任何感情或者爱恋的成分。他们陶醉于自己的雄性气概。这些完全听命于偶然的艳遇，实际上只是体育运动的另一种形式而已。这是一种天然原始的性，一种温柔的粗蛮，与心灵的事物毫无关系：只是一种身体卫生，一种肉欲与情绪的研磨混合而已。

没有什么比一个异性恋男人焦虑不安的贞洁感更羞怯、更阴柔的了。别人对他的注意令他感动。他不习惯男人们对他的注目。他不一定会在意这一点，但他能轻易地忘记。他毫无防备，尤其不要让他感到惊恐。永远要让他感到是他发现了你，是他吸引了你的目光，是他想跟你交谈。永远要讨好满足异性恋者，对他要百般关怀，体贴地听从他延续自己的生命。异性恋者是敏感的，特别是当他独自一人的时候。他甚至能从任由自己被别人注视的过程中感到某种满足和一种额外的善意。这能给他一种突然的触电感。他的感官处于警戒状态。尤其不要挑衅激怒他，而是要驯服他。一切都应保持在疑惑、暗示和默契的状态。这仿佛是一种自然的气流，肉欲的流体。人们处在语言之下的层面，被模糊混乱的情绪和不可遏止的喧嚣欲望包裹着。这对他来说也是检验其吸引力的机会。尽管他可能看起来非常紧张僵硬，您看到的是一个慌乱失措的异性恋者：他会公开露骨地向你发难，他会给人感觉像只狂蜂一样撞到玻璃窗上，打了个踉跄，趁势立即亲吻他妻子的脖子，更加有力地拥抱她（异性恋者似乎需要一种爱情替代者来爱他的妻子），然后他会看着你，明显地陷入迷茫，有时他会用力地固定自己的男性器物，确认它仍在那里，同时向你显示他幸好拥有它。所有这些喧闹的举动都只是为了说明一件事情（就像弗洛伊德注意到的那样）："你看清楚，我不是一个女人。"而此话用言语表达出来未必令人相信。

2.像处于起步摸索阶段的人那样，他的性欲有点亢奋和混乱。这种控制着他的晦暗而仓促的欲望是一种杂乱无章的冲动。这是某种突然的、没有定型的或者说没有加工好的、粗糙的、游移不定的东西，仿佛他在通过准确寻找性欲的躯体来寻找性欲一样，仿佛他在寻找某个人来进入自己的身体，来维持他的生命。情感的投入也是巨大的，就像一种异性恋关系的魔法重新显灵一般。他显示出些许女性的特征，这种变化来自于一个女人的爱情，一种倾诉的需要，他整个存在的一种舒展。异性恋总是需要将性与他的生命联系起来并且要表明这一点。天真而毫无防备的男孩，任由自己被爱情的战栗所席卷，全身心地沉浸于那一完美纯粹的时刻当中。当有人抓住他的领子，非常温柔地亲吻他的时候，看他放弃抵抗，有时甚至完全沉醉于这种放弃是件令人感动的事情。

是什么让一个异性恋者听凭自己任人摆布呢？是殷勤善意。“他对你没有生理需求，而是要表示一种友好，我想他是否仅仅出于好意，出于友爱，作为朋友才与你性交的。”实际上，这并不是说他无法选择做他喜欢做的事情， 而是他喜欢别人强迫他同意，因此要给予他被人强迫的甜蜜或者被人引入歧途的乐趣。他们通常是些我在车站捡来的男孩，一些大兵，一些四处游荡的年轻人。与他们在一起，必须要具有超乎寻常的耐心，特别是要让他们觉得我在此类事情上的经验是一片空白。必须要让他们信服这一点。所以，我们就喝啤酒，一杯，两杯，一边聊天，最后把他们带到自己家里来过夜。经过长时间的交谈和缓慢的诱导之后，必须要让这些小伙子们觉得你是一个纯粹的兄弟，你要和他们融为一体。最终，他会沉醉于声色之事，他紧紧地拥抱着你，吻你，第二天，他就彻底忘记了这一切。

3.这种男性的亲密，这种男人之间的性欢愉（可以发生在游泳池边，在长途货车上，在军营中，在酒吧里，几乎任何地方，只要有孤独男人的地方）当然不属于故事情节或者情感抒发的范畴。这是些超脱了情感，然而却极富于性细腻的肉体接触，是极微小的放电，是阵阵的狂风，是飘飘欲仙的时刻。它近似于击剑中的戳刺，近似于一种原始野蛮的性爱，所有的男人都可能心照不宣地尝试过的性爱。此外，这种性爱的方式相当简短速决，更多地借自于热内的小说而非同性恋者的技巧。这是一种转瞬即逝的激烈，有着不可能之事的魔力。这是甚至还未开始就已经被忘记的性爱。“男人之间到底在干什么？”他们做得不比其他人更多，但他们在其中掺入了新颖的趣味，气氛，奇特的布景，危险，轻擦触碰，难以置信的放肆大胆。在这种隐晦的黑暗中，他们失去了身份。他们打破了性爱灵巧性的记录。他们感觉到一种美妙的焦渴的战栗。

甚至有时会开始一段事先都未预料到的短暂关系，几乎就像是童年朋友之间的一见钟情。没有什么可让他预料或者期待的。一切都取决于情境时机。突然间性就发生了，就像是一场热带的暴风雨，凶猛而急骤。如果不是想破坏关系，双方都不会谈论此事。这是些误入歧途的时刻，也有可能是些不经意的片刻，是脆弱的激情（普鲁斯特语），仿佛他们身体里同性恋的一部分，微不足道的一部分没能得到满足，又仿佛他们需要自我放纵于在他们脑中萦绕了十年、十五年的某些东西。某种男人的形象，某种权威感，某种男性的阳刚。居伊三十多岁，有个女伴，跟她有一个女儿，另外还有一个秘密女友，但他内心深处一直隐藏着对一个男人的明确的、强烈的、顽固的欲望：一种极端被动的关系。这种诱惑力让他将目光投向四十多岁的男人。他讨厌男人的脆弱、暧昧和性别畸形。他想要一个男人，哪怕他是个同性恋。不要一种干净的、矫揉造作的或者优雅的形象，他渴望的是一个成熟、厚重、有点被生活摧残过的男人，像电影中出现过的那样。他必须战胜考验，在这种有点令人嫌恶的男性气概中，在这种不修边幅、筑垒自闭的待征服男人的形象中找到肉体的快感。与他发生的性只可能是小说或电影中的一个时刻。这一切只能单方向进行， 既不可能建立关系也没有角色的互换。

因此才有了他完全的超然，归根结底，他对于男人并没有爱情。性幻想一旦得到满足，他就不再需要它了。因此这是一种取决于时机，被无限期推迟的性爱。

4.当代西方社会对性行为的区分不再建立在古罗马时期的主动——被动或者19世纪时异性恋——同性恋的对立，而是建立在言与未言的对立之上。我记得一个同性恋男孩对我说过，他在图卢兹的几个公园里与一些橄榄球运动员有过多次性接触。当然，他不会说出任何人的名字。遵守秘密，就是人们所说的忠诚。此外，这些男孩并不为这些性行为感到害怕或者羞耻，他们不会将一种时有时无的性行为与通常的性取向混淆起来，也不会在其中加入任何道德指责：这是一种自然的性行为，正如他们与自己发生的性一样是一种无罪的、短暂的行为，是他们之间的一个秘密。拒绝对事物的命名也许是忘记它们的最佳方式。零星偶尔的勾引调情，让他们脱离了由社会等级与社会规范支配的平常世界，从对规则与禁忌的违犯中获得了满足感，体验到一种摆脱了“交流的想象困境”的性爱（如罗兰·巴特所言），尽情享受性爱欢愉的时刻。对于这些不必要的补充，“没有任何意义和目的”的肉体享乐，人们郑重地画出一条界线作为驱魔或者祭供的神奇圆圈。

“很长时间以来，我都和一些姑娘们一起看管橄榄球队的更衣间。现在已经不需要这样了。你到处都能看到橄榄球运动员，无论在米拉伊还是拉克洛瓦–法尔加德，还是在拉米埃岛上的体育场后。这样的小伙子，我接触过许多。我们之间有一种荣誉准则，我们永远不会泄露名字，否则就得出局。这些家伙，如果你动了他们的标志形象，他们就会跟你玩命。除了这点，我们就可以安安静静地尽情享受了。这些家伙，他们什么都想要，他们对什么都无所谓。大多数时间，是我插他们。对他们来说，跟一个男人还是跟一个女孩交欢都是很自然的事。在更衣间里，他们相互抓着生殖器开玩笑。他们在淋浴时手淫，他们体格健壮，肌肉发达。他们是在当橄榄球员期间（大致从十八九岁到三十二三岁之间）和男孩们玩的，之后就会结婚成家，绝不再碰这种游戏。也有可能一阵心血来潮，他们又开始这种游戏。他们是很纯粹的男人，多血质的人。他们为性交而性交，就这样。”

5.这有点像西部片的情节。莉迪亚·弗莱姆在《牛仔的体育场》中写道，基本公理在于这个不可更改的公式：

男性吸引男性，男性气概强化男性气概。“神奇的马队，出其不意的突袭，八面埋伏，武装抢劫。在他们的对抗中有种童年和纯粹无动机性的风格。西部片讲述的不是征服西部的艰难曲折，而是男人们在一片纯粹男性的公共阵地上，也就是战场上相遇对决的快乐。”能够展现强大男性魅力的大多数文学场景实际上是些对抗争斗、单独对决、武士礼仪的场面。与幽灵、夜晚的战斗，男人与男人的格斗，隐秘而又充满肉欲，猛烈而富于占有欲，既是男性阳刚的证明又是对它的考验，但确定无疑更是对一种更深入更圆满的拥抱的渴望。斯蒂芬 · 茨威格在谈到伊丽莎白时代的诗人时写道：他们的戏剧本身就像一个巨大的圆形竞技场，在其中情感的猛兽饥肠辘辘地相互厮杀。这些炽烈多情的心灵像狮子般发泄着他们的激情，极力相互比拼着粗野和激昂……人类所有本能无度的骚动都在欢庆这一场炽热的狂欢（《情感的迷乱》）。比武竞赛的魅力只存在于异性恋的背景之下。这甚至成了证明“我不是懦夫/同性恋”的必要条件（让 · 热内）。让 · 列维评论道：在古代中国，当两个王位争夺者兵戎相见时，人们会说他们交战是为了知道“谁是母鸡，谁是公鸡”。“一场战争唯的目的便是辨别战士们的性别。最终结局将确认胜利者作为领军人物的男性特质，也就是说他能否以其男性的力量降服一个敌手，让他显露出真实的身份。”

德斯诺斯在《自由或爱情！》中写道：“夜里，两个男人不停歇地在肉搏，轮流向对方缴械投降。我们的同性爱绝不是杂交，我们只是都对娘娘腔的男人表示蔑视或更准确地说一种轻蔑的无视。这些长了颗女人心、滤纸脑的男人，我们把他们从路上清除出去……有一次，罗杰和我的争吵发展成搏斗，之后都沉醉在紧密拥抱的兴奋之中，当我们意识到谁也无法战胜谁而和解之后，这种拥抱变得充满爱意，我们发现，虽然我们的精神也是敌对的，却在同一层次上，可以相互交锋而不彼此削弱。我们的结合持续了几年，期间我们的心灵和灵魂如兵刃相接般相互磨砺，变得更精细敏锐。”

劳伦斯在《恋爱中的女人》中写道：“这就好像伯金全部的肉体智慧渗入了杰拉德的身体：他那微妙精细的能量仿佛一股超自然的力量渗入对手更丰满的肉体中，抛出一张精巧的网，仿佛一个牢笼，穿透肌肉直至杰拉德身体里最深层的地方。他们就这样交战着，激烈，兴奋，专注沉醉于其中，将其他抛诸脑后。白色的身影竭力将他们的结合变得越来越紧密，两个肉体如章鱼般纠缠在一起，四肢在半明半暗的房间里闪动着，在布满棕色旧书的墙之间静静地相拥着，就像一个白色的肉团。”

在热内的《雾港水手》中，“圭雷尔为能与一个警察（马里奥）交战而感到快乐，他知道，这场因他的年轻与灵活而由他占据上风的搏斗，近似于一个欲拒还迎的女孩的调情。他使用了最大胆、最冷酷、最雄性的姿势——不是为了让马里奥感到恶心，也不是为了让他以为自己搞错了——而是为了过一会儿他能够确信自己战胜了一个男人，慢慢地征服了他，精巧地，逐一地剥夺了他身上男性的属性。他们搏斗着”。

6.这种行事方式不需要情感的合约。这种性爱不排除自我的奉献，但那只是停留在表层上。“一个异性恋不会爱上一个男人，在性方面他可以很大胆，无所顾忌，对他来说，那只是游戏而已。”此外，这些男人比同性恋要容易亲近，容易满足得多。他们知道他们想要什么，不会浪费时间去做选择，耍花招，纠缠细节。他们不会装模作样，把事情复杂化，他们要么准备好了要么没有。然后他们就开始行动。就这么简单。“除了我的金发宝贝，我跟那些与我有过艳遇的姑娘和小伙子们都只是些短暂匆忙的性交。享受快感，射精，然后分手道别，互不相欠，没什么账可了结。”（米歇尔 · 多莱《所有男人都那样做》）兴奋来自于新鲜的人和事，短暂增添吸引力。我们不会因此而忧虑不安，我们不会想那么多。这种秘密的状态，幽闭的场所，被人发现的风险让我们感到兴奋和刺激。“有时候，我们像动物那样做爱。没有温情，没有言语，相互插入，仅此而已。这真让人兴奋。但我想，有时我们也需要其中有些情感。于是我们就温柔地做爱。”（米歇尔 · 多莱《所有男人都那样做》）没有任何的温情，也没有任何的激情来破坏他们的游戏的纯洁。热内写道：“这只是一个无关紧要的游戏。两个健壮而微笑着的男人，其中一个毫不紧张，若无其事地将自己的屁股借给对方。‘我们玩得很高兴。’”他还写道：“柔情不是恰当的词，但它能更好地描述几种混杂在一起的感觉：对那个让你获得享受的身体的感激，当快感消散后那种能融化你的舒畅，身体的倦怠，甚至那种淹没你、减轻你、穿透你、刺痛你的恶心，还有最终的伤感。这点贫瘠的柔情，有如放射出的一道灰色、柔和的闪电，继续悄悄改变着男人之间简单的肉体关系。”

7.如果说游离的双性恋者总是在某些情境下见面，那可能是有某种原因的。这些情境有：①出走，旅行，流浪，边缘状态；②一些封闭的、对阳刚形象极端敏感的男性群体里。比如游泳池边的共和国安全部队警察。在加油站、高速路边的休息区里成群结队的摩托车手。军队食堂，选拔中心的院子，军队驻地的环境。（“那么，我合你的意喽？C区，15号房间，如果你感兴趣，今晚过来。”）他们总是神经紧张，光着身子在床上一根接一根地抽烟，就像陷在沙滩里的两兄弟。滑稽好笑的“大屁股”，牙齿稀疏，脖子粗壮的块头。“雇佣兵身上让我着迷的地方，是他们保持身体像竹子一样僵直的方式。当我和他们做爱时，我感觉一下子就能把他们折断。他们总是害怕被宪兵当场撞见，此外，他们也没有很强的道德感。无论他们的军衔是什么，他们随时都能为了一个男人大打出手。”男人喜欢紧张、兴奋和爱的粗暴混杂在一起的这种感觉，它让他突然间变得顺从起来。

缺少女人？热内所经历的犯人、士兵、流浪汉的世界确实是这种情况。埃德蒙·怀特注意到，这种原始的、不平等的、角色固定不变的同性恋形式，也许排斥情感、游戏或者性交的顺畅，但不管怎样，对于一个确定的同性恋者来讲，这种形式呈现的好处是，能够让大多数男人成为潜在的性伙伴。“性爱是由人们所扮演的角色决定的，而不是由性伙伴的性别决定的。”看看《小偷日记》中热内与雇佣兵在梅科奈斯相遇的那一幕吧。“在墙角下，一个雇佣兵背靠一棵歪斜的棕榈树，总是在暮色中以这种冷漠而至尊的态度等着我。他仿佛守护着一个看不见的宝贝，现在我突然想到，尽管我们彼此相爱，他仍在保护他那纯洁的童贞。他比我大，我们在梅克奈斯花园的约会中，他总是先到的那一个。他目光飘渺——或许盯着一个确定的远景？——抽着一根烟。他无须挪动分毫（他几乎不跟我打招呼，他也不向我伸手），我就给了他他想得到的享受，我整理好我的长裤，离他而去。我曾希望他会拥抱我。他长相英俊，我记不起他的名字了，但我记得他自称是古吕[①]的儿子。”

双性恋是一种发泄的方式或者消遣的方式吗？当然是。被捕获的野牛或者蛇也会发生双性性行为：两条雄性水蛇表现得“就像魔鬼附体一般”，九个半小时之后才能彼此分开。看起来一个男人确实能从另一个男人那里获得

① 古吕（La Goulu，1866—1929），巴黎红磨坊第一位也是最著名的一位坎坎舞后。

愉悦。即使一种免费的享受，也不是毫无意义。此外，也不存在不宽容现象。谈论缺省状态的性，因此也是一种排泄欲望、容忍差异的方式。他们说："我们不是同性恋，这只不过是我们找到更好的方式之前所采用的一种性爱方式。"但是因为不愿意承认这种欲望我们就真能否认它吗？所有只有一种性别在场的封闭场景实际上都构成了一种许可：男人们觉得要从无论如何都必须遵从的异性恋情爱模式的束缚中解脱出来。这是一个安全通行证，甚至也许是那些在其他场合下很可能无法表达出来的欲望的一种释放：他们没有直接作出同性恋的选择，这个最终事实使他们免除了内疚的困扰，也迫使他们自我激发出一丝女人的气质，在自己身上创造出女人的形象。"并不是最弱小、最年轻、最温柔的人，而是最灵活、通常也是最强壮、最年长的人能够最好地完成这项行动。一种默契将两个男人结合起来，但这种默契来自于女人的缺席，它催生了因为自己的缺席而将男人们连结在一起的女人。在他们的关系中，没有任何伪装，无须成为自己之外的任何人：两个非常阳刚的男人，也许相互妒忌，相互仇恨，但不会相爱。"（《雾港水手》）

8.桑德拉斯在某本书里解释道：如果他既无目的也无原因地旅行，那是为了“放纵自我”。从单纯的冒险家变成爱情的猎手。带我到天涯海角吧。这种流浪近似于无可救药的闲逛癖好，近似于执拗地拒绝用同性性行为来固定自己。梅尔维尔写道：“我喜欢在禁海中航行，在荒凉的海岸登陆。”看看比利·巴德，这个英俊迷人的年轻人有着令人困惑的纯真无邪，这为他赢得了大副克拉加特充满爱慕的友谊，克拉加特带着一种沉思默想、忧郁伤感的神情跟踪着年轻的水手许佩利翁[①]，双眼充满了狂躁奇异的泪水。当比利被判处绞刑，像一个嘴巴被塞住、身体被木桩穿透的人一样一动不动时，克拉加特在象征意义上占有了比利。再看看洛蒂，着魔于环球旅行，为寻猎的精神所激动，渴望逃脱自己国家的道德束缚，对他来说，身形健硕、大肆炫耀发达肌肉的水手们散发出的吸引力，是他进行旅行的潜在原因。这种漂泊的生活促使他改变自己的本性，生活在异国他乡，总是将欲望承载到更远的地方。从马德拉斯到孟买，穿越了印度大陆的康拉德也是如此，他想重温骑士精神、航海法则的荣誉传统，以及将这些迷失在命运中的人联系在一起的暧昧，无论是林加德船长对阿

① 许佩利翁，希腊神话中的太阳神。

尔玛耶产生的那种在旁观者看来突然而无法解释的好感，还是他对赛弗拉号船的投敌者那种奇特的爱恋。“甚至在我能够作出推测之前，一道轻微的磷光，像是突然从一个男人的裸体发出，从沉睡的水面上一闪而过，仿佛夜空中划过的一道热闪电，短促而寂静。”（《秘密伙伴》）

洛兰[①]也有过在土伦港的下层社会与盗贼为伍的流浪经历。“一些水手成双成对地跳着舞，供马赛人娱乐，随着他们的欢跳左右摆动是一种身体的愉悦”，抑或是纪德面对小贝都因人的屁股时的灵光闪现（《流浪的罪恶》）。奥吉埃拉[②]真的是阿特拉山区的牧羊人，阿尔及尔的男妓，苏丹的武器走私贩吗？无法穿越的边境，阴郁悲惨的小说。图尼埃[③]说，“没有改变就没有迁移”（《流星》）。人们改变名字、地点、器官。人们还改变皮肤。这是双性恋的光亮效应。谁变成了谁？同性恋间的引诱提供了最绝对的反乌托邦形式。爱德华·马勒旺德在《拆包》中写道：“这是因为我现在知道同性恋们没有故事，这本书才没有讲述任何故事。我是谁？叙述者吗？在

① 让·洛兰（1855—1906），法国作家。
② 弗朗索瓦·奥吉埃拉（1925—1971），法国作家。
③ 米歇尔·图尼埃（1924—），法国作家。

什么时候我是少年，中年人，搭顺风车的人，生意人，挨打的同性恋，男妓，嫖客，我妻子的情人，一位舞蹈演员的浪漫求爱者，喜欢长途货车司机的人？即使没能讲述这一切，我也知道我实实在在地生活过，糟糕地生活过，也许比每个人都会更早地死去，死于想要深度生活的狂热。这就是为什么我既感到狂喜又感到绝望。”他们是迷恋无限自由的流浪者，他们以行动反对一切障碍，体验一无所有，放弃定居生活。他们用抢劫般的暴力调情。如果说同性恋总是在别处，那也是因为它无处不在。

协　议

1.还有那些或多或少有着同性恋倾向（准确地说，多多于少）的人，他们在相当长的一段时间里，甚至终生，都与一些男孩有着多次性经历，而通常又为人夫、为人父。这些是双性恋最有说服力的案例，因为同性恋和异性恋以某种恒久的方式在相互影响。在法国，同性恋倾向的双性恋正是社会学家迈克尔·波拉克的调查所显示出来的那样。人们想象他们处于一种极限情境之中，但实际不是。一切都经过完美的规划，各就其位，布局精确到毫米。一种无可指摘的生活中的传奇浪漫，双重间谍极端谨小慎微的生活。被窥视妄想与同性恋总是和谐的一对。看看伯吉斯、布兰特、麦克里恩和其他30年代时在剑桥为克里姆林宫效力的英国间谍吧。“兼职”双性恋的生活中充满了禁忌、秘密和地下活动，从本质上说这是间谍式的、阴暗的生活。

2.过去，同性恋伪装成已婚男人。现在，他们转变成双性恋，这样更新潮。以前是基于利益关系的婚姻、门面、沉默，以及无法矫正的性倾向那神奇而又无形的力量支配一切。同性恋们在树林里搜寻同类。现在，人们更愿意事先（也有时候是事后）达成一个协议，一种交易，一种互不干涉公约。人们假装相信，其实并不想知道，虽然不会马上接受，但是能够理解。人们保守一部分秘密，不再夸张应对。过去，人们在异性伴侣关系中寻找一种庇护，在惊恐不安中开始同性性行为。现在，人们出于挑衅社会规范或者软弱怯懦的心理，承认自己的同性性行为以使事情变得简单些。人们不再试图欺骗隐瞒，而是努力达成和解。人们可以谈论一种相互欲望的自由，尽管这种自由经常是单向的，或者谈论同居，而这种同居更确切地说只是一种性行为。谎言存在着，一直都存在着，但它无足轻重。疑问不再合时宜，因为冒险正是游戏的一部分：人们只是不再公开谈论此事，人们不再试图伤害，人们尊重对方的身体和敏感。闯入的第三者（也就是情人）不再以破门而入的方式进入夫妻伴侣当中：不忠者在两边都在玩弄秘密，这是他获得安宁的保证。

3.同性恋者为什么要结婚？他们在配偶关系中寻找什么？与异性恋者在其中寻找的完全一样：稳定性，亲密性的标尺，对社会习俗的遵从，职场上的平等，为人父的可能性，所有这一切的混合。他们归队了。他们说："因为可以这样做"，为了获得正当合法性，为了遵守大多数人的法律。81%的法国人过着家庭生活。"我们的夫妻关系是由爱情，不是由性维系的。我能接受的唯一的性'拉力赛'是在我跟几个男人之间进行的。我妻子从来对此一无所知。我在婚姻范围内过着一种很正常的异性恋生活。我知道这可能看起来很蠢，但生活通常是愚蠢的。"（《海特报告》，1981年）也许有时他们仍是他人目光的囚徒，他们害怕犯错，害怕他们的名字，害怕社会惯例的重压，害怕社会习俗的严苛，害怕孤独。他们寻求隐蔽。甚至有时他们会故意自我牺牲，第一次跟一个男孩做爱时，他们几乎要昏过去。还有对孩子的渴望。有时他们会渴望生活在一个孩子身边，喜欢触摸一个孩子，喜欢孩子们的气味，喜欢看一个熟睡的孩子。离婚时，一个男同性恋者只有在例外情况下才能得到孩子的监护权。同性伴侣对儿童的领养权被拒的主要原因之一，不是孩子见不到母亲的形象（如今有二百万儿童生活在单亲家庭中，十个案例中有八个是母亲监护），而是因为同性恋者的同居没有得到认可。男同性恋者想要成为父亲却不一定要接受家庭观念，然而无论是法律还是人们的思想意识，都还无法接受这一点。

4.奇怪的是，异性恋们越是倾向于离婚，双性恋们就越是要巩固他们的伴侣关系，他们愿意承担，愿意拯救这种关系。仿佛伴侣关系是锁住、掌握他们生活的一种方式。他们过着一种马拉松式的生活，想方设法地过一种双重生活。他们并非处于永久的不平衡之中，而是处于永久的压力之下。男双性恋的精神总是忙碌的，他让自己的生活变成一场紧张的谈判。没有任何事情来打乱他的家庭和社交日程表：性被安插在欲望的间隙中，男孩向他保证感情的中性。集聚的障碍越多，享受的快乐就越多。伴侣关系不仅仅是性交替选择的一个极点，它还是能够触犯道德的方式。男双性恋所寻求的是双重性和风险，秘密花园的乐趣，若即若离的吸引力，自己不为人知的不忠行为所带来的长久的负罪感。他享受这种时有时无的“第二生活”和守护家庭堡垒的过程中这种间歇性的犯规。男双性恋的身份含糊而又可以逆转，他仅仅通过这种压力游戏而存在。因此，他与一些男孩经历的隐蔽性爱就像是一系列断断续续、相互陌生的时刻，对真实的生活没有任何影响，如同那些来去迅疾的热闪电。

5.对他来说，重要的不是这个或那个男孩，而是他们依次占据的，总是同样的位置（拉康在谈到唐璜时说，重要的是，他“一个接一个地”拥有了她们）。不可能的赌注？不稳定的平衡？精神分析学家很清楚欲望的把戏，他们解释道，双性恋是一种妥协的达成，“既满足无意识的欲望，又满足自我保护的要求”。双性恋的生活中运行着两种逻辑，两种速度，欲望的逻辑与自我压抑的逻辑，或者如弗洛伊德派所说的享乐的原则与现实的原则。在这种情况下，占据次要位置、旁边位置的男孩，不是被看作一个独立完整的人，而总是被看作他的品质或属性的总和。仿佛男双性恋对他的身体这个或那个明确的部位有着特别的迷恋，他让他变成一个支离破碎的男孩。

一张脸就能概括母亲的形象，但有数十张、数百张脸使享乐的形象变得丰富多样。双性恋者的情况与发生在罗马的情况颇为相似：与妻子订立一个“友好协议”，与下层阶级的男孩们订立一个“性协议”。在罗马，同性恋者肯定不会更多，双性恋没有受到社会的压制。考古学家安东尼·奥瓦罗纳说：“任何行为都能发生而不带有放荡堕落的味道。”实际上，罗马盛行的是一种施虐与强奸的性爱。即使它在自由的男人、女人和孩子，即父母都是自由人的天生自由民，与其他所有人——无论是奴隶还是获得自由的人，不分年龄和性别——之间首先设立了一种社会分隔，成为一个男人的唯一的方式仍然是用刀劈人（就像在当今地中海国家的社会里那样），而不是被劈。保罗·韦恩认为这是出于三个原因（《西方的性爱》）：罗马是一个男人至上的社会（女人为男人服务，她得恭候他的欲望，如果可能的话从中获得享乐，这种享乐的道德性令人怀疑）；罗马是一个清教社会，对懦弱无力和情欲的错乱表现出一种憎恨，因为那会让公民——士兵变得衰弱；最后，罗马是一个奴隶制社会，奴隶主行使初夜权。赛内克神父在《论战》中写道："不知羞耻（也就是消极被动），在一个自由的男人那里是一种下流的行为，对一个奴隶而言，是对主人最纯粹的本分，而在获得自由的奴隶那里，则是一种顺从的道德义务。"因此，一个自愿接受非公民的性角色（换言之，被动角色）的男人，就具有了低等人的身份，在象征意义上放弃了他们作为公民的权利和责任。

爱娃·康塔埃拉注意到，对一个罗马人来说，男子气概是最大的美德：一种政治美德（《在自然，习俗与法律之间》）。从孩童时起，他受到的培养都是为了将来成为一个统治者。他只有一个目标：征服世界。维吉尔写道："赦免战败者，驯服高傲者。"（《爱奈特》）罗马人必须学会永不屈服，强行实施自己的意志，包括性的意志。可以说他是被判定要具有男子气概的，强奸者的男子气概。通过让女人和男孩、让敌人和伤害过他的人屈服于他的意志，强奸者向自己和他人显示了他的性能力、他的永不言败的性格以及他的社会权力。他无法遏制的、旺盛的性欲应该自由随意地显示出来：他应该占有所有可能的欲望对象，不管他们的性别是什么。此外，他还深信自己拥有根据对方的顺从来施予快感的特权，即使实际上他极少关心被他降服的人的要求。在那不勒斯博物馆里收藏着一块石生殖器，从上面可以读到这样的铭文：Hic habitat felicitas（极乐在此）。

罗马人的性生活因此只有一条规则：做一个男人并显示出来，决不忍受为他人效劳的屈辱，让所有其他人都为他效劳。他是骄傲的胜利者，世界的主人，无论在爱情中还是在战场上都是永远的统治者。与男孩们的性关系因此也是完全不对称的。这样能够让因女人的傲慢和性贪婪而焦虑不安的情人们感到满足甚至放心。马希尔[1]说，女人们不知羞耻的态度，无所顾忌的性习惯，她们对附属角色——她们应尽的义务——的拒绝，让她们变得如此无法忍受。她们实际上让一个名副其实的男人别无选择，她们迫使他坚定地转向男孩们。"让我拥有一个年轻的奴隶吧！他光滑柔嫩的皮肤来自于他的年龄而非浮石，他让我失去了对任何一个年轻女人的欲望！"一个世纪之前，奥维德则相反地为爱情的相互确定性辩护。他写道："我痛恨双方没有完全投入的拥抱。这就是为何我很少为男孩之间的爱情所感动的原因。"（《爱的艺术》）帕斯卡尔·

① 马希尔（40—104），古罗马诗人。

基纳尔在《性与恐惧》中写道：那个时代引起公愤的，就是这种将忠诚与享乐、已婚女人与色欲、家族延续与沉溺声色、妻子的合法支配权与男人亵渎宗教的情感奴隶身份混杂在一起的思想。天才的奥维德因此被奥古斯特流放到多瑙河岸边。

如今，已婚的双性恋同样徘徊在专有名词（孩子们的母亲）与普通名词（短暂相交的肉体，男孩们的性本位主义）之间。这第二种生活，其实是对生活的一种逃离，因此是一部没有专有名词的小说。男孩们成为虚拟的恋人，时有时无的幸福。只有夫妻形式才是他的生活应有的形式——稳定而有约束，才能确定他的身份：这是法律的秩序，与男孩们的关系只是对法律的违抗。男双性恋总是把他与男孩的约会看作一场出逃，一种游荡，一次空袭，一段艳遇，一种疯狂。他将自己置于不会发生激情的情境。这不过是拒绝承诺和逃避责任的策略而已，否则一切都会崩溃。那么当他对一个男孩产生了激情之后会怎样呢？在大多数情况下，激情只能被牺牲。我认识一对这样的夫妇，他们住在里昂地区，男的是药剂师，女的是医生。他是双性恋，他妻子欣然接受了这个事实，他们之间有种自由的交易，她有权拥有情人，他也一样。这意味着充当他情人的所有男孩，就像人们描述打印机与电脑的关系一样，是些外围设备。因此，除非把机器劈成两半，一个已婚男人的情人无论如何都不会变成欲望的核心。一场婚姻也是一个小公司。在公司范围内，有些东西他可以与妻子分担，但不能与任何其他人分担，包括困难。情人纯粹是些游戏对象，性满足的工具。情势使得他们无法成为欲望的主体。在当前环境下，结婚的同性恋者，如果他妻子同意的话，确实可以有几个情人，但永远不会有爱情故事，除非以倾覆夫妻关系为代价。如今依然盛行着一种顽固僵化的爱情关系伦理学。无论你是同性恋还是异性恋，除非一层一层地为爱情建立等级，像左拉的《家庭琐事》里所描述的那样，否则与另一个男人或另一个女人分享一种爱情关系似乎是无法接受的。然而，为什么一个同性恋情人从理论上说不能与他生活中的妻子享有同等的权利？而她呢，很自然地会渴望一种享有特权的关系，在那种情况下事情可以协商解决。否则，他就会采用异性恋的逻辑。他甘愿自裁翅膀，让同性恋情人回归正道，他成了背叛者，如果不是痛苦者的话。如今的异性恋们在不同的年龄阶段换妻就像换车一样平常，因为生命延续的时间更长了，也许这种动力学会改变事物，这条被打破的轨道将使那些想要孩子却又不想因此而破坏他们生活的男人或者女人考虑一种权宜之计，一条穿越之路，一种不同的关系，他们可以因此而无须被迫牺牲自我的一部分，无论是对某人可能产生的炽热激情，友谊关系，在肉体行为中获得的享受，还是与自己的孩子生活在一起的可能。

6.这种傅立叶式的乌托邦当然是可以想象的，但很少能够实行。因此人们将还会沿用标准模式，系列产品。归根结底，男双性恋是以传统奸情关系的方式来体验他与一个男孩的关系的。被跟踪的艳遇，乔装掩饰，出其不意的电话，欣喜若狂，爽约，恐慌，临时发挥，等等。此外，还有一种被人称作猎艳者的男人，他们与男双性恋奉行同样的损失本金的策略。与既定观念相反，不忠者是爱他的妻子的，并且总是会回到她身边。有位叫贝尔纳的确认说：“我一直都有着某种家庭观念”，然而在20年的不忠史中，他有过300多个情人（《新观察家》，1988年）。猎艳者有一个家族长老的灵魂。他只是在有机会拯救家庭的条件下才将家庭置于险境。他有不少艳遇，但他不是一个冒险家。他需要他的拖鞋，他的体面，他的资产阶级生活方式，在厨房吊灯下与一位无可非议的妻子一起享用家庭晚餐。猎艳者是19世纪的怀旧者。他欺骗妻子只是为了通过各种机巧来赢得她的信任。欺骗她而又得到她的许可，他以这种方式变得无可怀疑。他是不会撒谎的男人。必须要极尽狡猾之能事，不忠者需要危险和悲剧。他无法忍受妻子感到不幸，他的婚姻必须运转良好才能让他骗得了她。他对妻子的担忧多于情妇，因而很容易产生内疚感。他是一位殷勤体贴而又警觉细心的丈夫。女人们要当心模范丈夫，他们是最阴险的人。50岁时，贝尔纳疯狂地爱上了一个20岁的女孩。他错误地投入到一场婚外恋中。不忠领域的斯达汉诺夫式工作者没有足够的双重身份来承受一种双重生活的折磨。他必须作出选择，他自然选择了自己的妻子。从此，他怀着一种与其年龄不相称的、深切的失恋痛苦留在了家里。

双性恋的战略近乎于特技飞行：他总是要穿梭于长久与短暂、一个与多个、男人与女人之间。一方总是要回到另一方，一方总是要逃离另一方。凭着圆熟的外交手腕或者谨慎小心的筹划安排，他玩弄计谋勉强将他的生活的两端衔接起来。他使妻子相信他只能以电影《双重不忠》里那些洒脱不羁的情人的方式来珍惜她。有些妻子会怀着对浪子丈夫回归的期待或对这位缺席存在者的挚爱来接受现状。男双性恋因此让自己的生活变成了一种马赛克。他将自己的日程安排分割成一小块一小块，突然出现在一些地点不明的地方，偷取一天中这会儿或那会儿的片刻时间。男双性恋的每种生活都趋向于变成他人的想象虚构。这是他身上最让人感到困惑的地方：他有着严重躁狂症患者的精神分裂。由于经常地游戏于双重身份，他最终对事物的真实性产生了怀疑，丝毫没有看破一切的清醒，却是一副迷狂的样子。仿佛他比异性恋还异性恋，比同性恋还同性恋。他有着浪漫幻想家那样巨大无穷的魅力。他从旁侧打量自己，从远处审视自己。在这种双重生活里，他总是站在一个窥视者的位置上。人们明白，他是个一流的演员，同时又是一个真实的天真汉。

7．“我在Minitel①上遇见了罗德里格。他有点像汤姆·克鲁斯，但更胖一些，也更结实。他28岁，出身于殷实之家，是一家大公司的高级干部。他父母梦想他是什么样，他就是什么样，除了没有结婚。他一直都没有女人，或许有过一两次，但那不是他的专长。他住在一个极小的

---

① Minitel，法国邮政通信部研发的一种远程通信技术，广泛应用于上世纪80年代和90年代。

单身公寓里，就像一个总也毕不了业的大学生。20岁时，他与一个同学同居一室，还同床共枕，他就是这样发现了自己。后来他的同学结婚了，还有了一个儿子，但最终离开了妻子，因为爱上了一个艾滋病检查呈阳性的男孩。我就是在那时候遇见罗德里格的，那时我刚刚离开了娇小的阿丽娜。罗德里格是个做爱高手，因为他很主动。其实他更愿意是被动的那一个，但我不喜欢看到他被动。他说起话来就没完没了。他喜欢说些恶心话、蠢话。他有点性反常，并且极端强硬，他没有感情，是一部事业机器。也许正是因为这个原因他找不到女孩。而对男人来说，对方不爱他，他根本不在乎。不管怎样，他并不爱我，他对我的在场很敏感，但仅此而已。我想如果他遇到一个能让他扮演他所害怕的角色——男人的角色——的女孩，他最终会安静下来。因为他与一个男孩在一起时很有男人气概，无拘无束，自由自在，丝毫也不感到焦虑。我感觉他在寻找什么，就像一个十五六岁的毛孩子，他还不知道该往哪里去。他找了一些男人，但他最终会找到一个女孩，尽管这种事情可能很晚才会发生。但对他来说，通奸只能与男人发生，仅仅因为他是同性恋。”

8.动物生态学家鲍里斯·西鲁尼克对恒久的性爱和短暂的性爱做了区分。他说："第一种是严重的，因为意义重大。稍一交配就能变成一条生命的预告或一种恐惧。第二种则相反，是一种重复式的性爱，它不会持久到赋予事物意义的程度。"双性恋就是这样。他在忠诚与放荡、成人生活与青春游戏、父亲与孤独的猎手双重身份之间摇摆前行。他有着那些渴望逃离者的无节制的性爱。游戏的速度是混乱的条件。他更喜欢在这里偷点性，在那里偷点情，他不会把自己的全部生活交付给任何一个人，他只是给出一些零星碎片、片刻时光和个别方面。这就是双性恋不会将自己全身心投入进去的原因，更确切地说，他是在自我保护。

他拒绝同性恋的被边缘化，因此决意采取一种犹豫推诿、搁置爱情的态度，并维持这种保持距离和分散的纯粹男性的策略。他的一部分披上了铁甲，另一部分则成了碎片而灰飞烟灭。他那由连续的快感、短暂的怪癖和突然的晕厥构成的独特性爱体验由此而来。他深陷于家庭的浓稠厚重之中的身体突然变得轻盈，漂浮，闪闪发光，游弋于正式生活和秘密生活之间。男双性恋封藏爱情，"像一个出没于夜间，羞惭感与愉悦感并存的替身演员"一样体验爱情（《爱情史》）。他成了一个女人被排除在外的单子[1]，一种特异反应性原则，一种不稳定结构。他用家庭豁免权作为自己情感退却的理由，但他在别处施展征服的魅力，引诱的激情，唐璜的放荡。他在那里孕育自己失落的爱情。这是两种相互排斥而又什么也不放弃的生活，在这两种生活里，他在自我奉献的同时又在自我防卫。男双性恋说："爱一个男孩，就是爱自己曾经是的那个孩子，也是爱另一个孩子"，是选择最适合舞动的位置，是选择翻筋斗男孩的位置，是反抗束缚，是拒绝选择，是既不失去他轻浮鲁莽的那一半，也不失去他那宝贵的匿名状态，一个下午的时间就变成某种不知羞耻、令人惊恐的动物。男双性恋"显年轻"，就像人们对橄榄球员的议论那样。抢劫掠夺，淘气顽皮，展翅飞翔，轻言承诺，纵欲放荡，他什么也不愿放弃。他是儿子般的父亲或者说孩子般的男人。他不会像人们有时所想的那样，将家庭置于险境。他转移家庭，为它增添一抹额外的青春光晕，然后重又拿家庭进行赌博。

9.像那些伟大的恋人一样，弗洛伊德的生命中只有过

① 单子，哲学术语。

一个男人——威尔海姆·弗利斯。他是弗洛伊德在柏林的通信人，是心理双性恋概念的创始人。但是，很明显，在弗洛伊德那里，他的性欲的两种倾向处于一种根本无法调和的冲突状态中。他在1905年创立的性倒错理论中到底说了些什么呢？实质上只说了一件事：异性性爱是一种不稳定的结果。由于弗洛伊德的理论，异性恋成了一个不确定的、易变的、极端脆弱的，总是受制于某种差异，游荡于正常与病态边界的主体。异性恋的身份因此既不是一种宿命，也不是一种恩典状态，甚至也不是一种保障。弗洛伊德说："变态倾向不是什么罕见和非同寻常的东西，而是正常体质的一部分。"特别是，同性性行为在一生中任何时候都可能出现，但是弗洛伊德（尽管没有指责同性性行为）却将这些性行为仅仅看作是一种不完整的、未完成的性爱表达方式，相对于异性恋性交方式来讲是一种退化。他称之为"性机制的失败"。格罗代克赞同男人的先天双性恋假说，但同时他也恰如其分地批评弗洛伊德坚持正常与反常的分类范畴。成年人仍然是他在《本我之书》中所描绘的那个多变的反常者，但与孩童不同的是，这是一个经常受到秩序召唤并且自觉地回归秩序的反常者。他写道："当然，人们可以大胆宣称——实际上，人们正是那样宣称的……直到青春期，也就是说在童年期间，人类无一例外都是双性恋，其中大部分人在青春期后会放弃对同性的爱情转而投入对异性的爱情。但这并不准确。人在一生中自始至终都是双性恋；顶多是在某个时期或另一个时期，作为对道德、对时尚的一种屈服，同性性爱受到抑制，它也因此没有被消灭，而仅仅是被压制。没有纯粹的同性恋，正如没有纯粹的异性恋一样。最偏激的同性恋也无法抗拒在一个女人的腹中安居九个月的命运。”他还补充道：“相信我，人类厌恶、轻视、谴责的，正是自己最原始的本性。”席勒说的也是同样的意思。

往　返

1.他还算年轻，又是单身，对他来讲接触一个男人就像接触一个女人一样平常，他是一个彻底的性别含混者。他往来于两性之间，含蓄隐晦地进行引诱，经历一些不确定期，却从来没有任何关系得到彻底了断。一切都完全可能变得混乱不清：同时与一个男孩和几个女孩交往，或者三个月里专注于一个女孩，然后马上又与三四个男孩过从甚密。所有的组合都合乎情境，这有点像近似法和零星修补，近似于连续的单性性爱就像近似于没有结局的关系的旋涡。他体验模糊暧昧，他进行情感冲浪，他善于见机行事。

没有什么比双重性向的想法更让人厌恶的了。表面上，这是一个魔鬼般的幻想：而魔鬼就是双性恋，他既是奸污熟睡妇女的梦魔，又是和熟睡男人性交的女恶魔。他懂得识别他的同类。“试验性”双性恋（或者说假想的双性恋）实际上经历的只是虚线关系，是由在场与缺席、跳跃与盘旋构成的关系的开端。他永远只是品尝诱饵。“其他男人扑向诱饵，像农民吞食黄瓜沙拉一样将它吞了下去，他们就这样被俘获。只有色情狂懂得欣赏诱饵，懂得它的无价。”（克尔凯郭尔《酒后真言》）与偶然的和半职的双性恋不同，“试验性”的双性恋是任何不稳定关系的基础，性角色是不固定的。它属于被傅立叶叫做变体、交替、蝴蝶飞的那种情欲。无法持久的快感，被无限分割的欲望，发散的、如水银般活泼的色情感，这是一系列纯粹的阻断，是一连串的弗雷格利妄想症身份。幻想者像斯宾诺莎一样提出了问题：身体究竟能做些什么？为了获知答案，他锤炼出一种全新的伸缩性，一种超高的柔软性，使他能够无所不在，跨越分类，出其不意地突然出现在某个地方，如同一种永恒的性潜能。毫无疑问，这是个奔跑着、增殖着的魔鬼。

2.“试验性”双性恋相当于一个过渡身份期，在此期间，他不再确知他是谁，他可能做任何事情。这是一个有点特殊的时期，与之相关的是社会身份的不稳定性，这种不稳定性促进“破裂”的复合，防护行为的懈怠，情感的出轨，是一种天真无辜的引诱。他没有任何的负疚感，不接受任何的社会约束：在某种程度上他是被放开的，处于一种虚空或者误入歧途的时刻，一种具有梦想空间性质的时刻。如果说偶然情境下的双性性行为一定是最与爱情无关的性行为，半职的双性性行为是对享乐的精确管理，那么“试验性”双性性行为就是身体流浪的终极点，在那里他盲目地从一个身体转到另一个身体，每一次都变成另一个人。在那里他让这种相异性达到白炽化的程度。

3.西里尔·克拉尔在《野兽之夜》中写道：“有时，当我们与萨米一起围着黑色的圆桌吃晚饭的时候，我心里想，时间停在此刻该有多好，除了希望那天夜里他柔软的肌肤能够贴着我的肌肤，我别无他求。一切都颠倒了，萨米给我安全感，劳拉让我感到危险。但他期待于我的只是意外、疯狂、动荡；能够给他安全感的是马丽亚娜。”男双性恋说，总之，我们是零散的一对。“试验性”双性恋也需要稳定的一极和冒险的一极，但他永远不知道谁会占据那个位置，不知道某一天的安全是否会变成另一天的危险。他从来都不是固定地托举者或者飞翔者（像一对空中杂技演员一样），他轮流扮演每个角色。“我爱萨米，我爱劳拉，我爱我的野兽之夜中的放浪形骸。我真分裂到这种程度了吗？还是人们逐渐把我分割成了碎片，因为作为一个单独的统一体，我会变得过于危险，无法控制？”人们甚至会想，在这种角色的可逆转性里，男双性恋是否自己在跟自己演对手戏，仿佛双性恋的爱情只能以一种绝对的缺失来进行定义。“试验性”（或幻想性）双性恋在两种意向之间犹豫不决，永远不知道该如何走出多种困境，与其说他是一个喜欢两种性爱的人，不如说他为了一种性爱而试图摆脱另一种性爱。在此意义上，双性性爱也许仅仅是一种迷失，是对一种偶然、虚幻的目标，对一种流逝的爱情的追寻，有点像走近阿基里斯的不幸的帕托克鲁斯，这个幽灵“无论是身材、俊目、声音还是穿着同样衣服的身体，各方面都与英雄一模一样”，但当阿基里斯想要拥抱它的时候，“无法触知的灵魂发出一声微弱的鸣声，如一股蒸汽般消失在地下”。在托马斯·曼的短篇小说《被换错的脑袋》中，有着婀娜腰肢和深褐色眼睛的西塔说：“无论在哪里，只要我们当中的两人结合在一起，第三者的缺席总能感觉出来。”这种欲望既不能带给她安宁，又无法使她感到满足。

4.放荡纵欲者幻想性男双性恋采取一种同时涵盖两性的整体的引诱策略。这是一种360度的引诱，如同一种扇状整体，一种高空盘旋。它就像孔雀阿耳戈斯，在古希腊神话中被称作潘诺普特斯[①]的百眼巨兽，像那只能够纵览一切的百眼之眼。这种视觉的增强将隐秘的房间放大到外部世界的尺度。那是淫荡纵欲者的经典图像。此外，纵欲者还有着非常女性化的某种东西，他更多地以一种虚弱而非一种控制进行引诱。波德里亚在《论引诱》中说，引诱者通过他身上漂浮不定、变化无常的东西，通过徘徊在两性之间的东西，通过与生殖器无关的东西进行引诱。要构成引诱，严格意义上的两性都必须在场。在过去，确切地

① 阿耳戈斯，希腊神话中的百眼巨人，睡觉时只闭上一两只眼睛，因此得到别名潘诺普特斯，意思为：总在看着的。

说，引诱就是让性的定义漂浮不定，悄然进入不确定性之中。如今，在充满不确定性的地方，如果引诱依然存在，那其实是在对另一方说："我会让你知道你属于哪一性。"

放荡纵欲者变化不定，反复无常，表现得就像散兵游勇或者叛逆分子，在指定给他的角色和边界内感到狭窄局促。他在周围转来转去，总是燃烧着一种新的激情，永远无法平静，永远不知满足。他跨越属性，无法选择一种确定的性爱，无法固定于一类对象。他试图逃离他认为具有压迫性的定义，他需要拥有一批他喜欢挑衅的公众。他的角色就是播种混乱。他追求一种情感无政府主义，似乎与热内的立场及他对同性恋反社会影响的全盘接受不谋而合。"活在意外和变化当中，甘受风险，直面羞辱，这是社会束缚，社会喜剧的反面"（《翻垃圾……》），但他落入了自己的思量的陷阱：社会喜剧，正是他。社会喜剧的反面，还是他。放荡纵欲者在翻转的强度中自我欣赏。他对于确信自己的男性魅力有着病态而执着的需要，这种需要因幻想和意外而得到满足，他相信自己能够挑战性爱时间的极限。为了取悦于人，他需要不停地获得证明。

卡萨诺瓦穿着睡衣，毫无戒备地周旋于女人与床笫之间。他轻浮，滑稽，洞明世事，放荡不羁，懂得如何让别人想念自己。那是一丝香水的残迹，一种气味，一组气味，一连串的遗忘。有时气味是令人愉悦的，记忆是顽固的。有时一切都荡然无存。没有明天。他说："我喜欢迷失错乱。"他是总说真话的骗子，是他效忠过的所有王公的背叛者，是将他投入监牢的威尼斯行政长官们的间谍，是玩牌作弊者或不法奸商，卡萨诺瓦游戏一切，甚至他的荒言谬语。他说："我们之所以成为情人仅仅是因为我们藐视爱情，我们的享乐在我们之间浇筑起真诚的、可以为之献身的友谊。"他无所不为，无论女人还是男人都能感到这一点。在圣彼得堡，他向一位年轻的俄国上尉表白了足以将他送上火刑堆的欲望。在土耳其，在一次轻微的拒绝之后，他迷恋上了机灵的伊斯马伊："如果他真接受了，我也会感到痛苦，我将没有理由来反对他那样做，而且我会以薄情来回报他，尽管这并非我本性所愿。"让别人因感激而爱上自己，毫无内疚地离开，放弃艳遇时对其付之一笑，这就是卡萨诺瓦。"爱情是一种或强或弱的好奇心。"面对被他引发和忽视的激情，放荡者有着几近孩子般的轻率、信任和好奇。他无法选择，也无法去爱。如果有一天，他陷入情网，他也许会变成某个凡夫俗子，依恋于一个肉体，执着于一种爱情。变成某个可能失去世界另一部分的人。他也许会产生背叛自我，变成堕落天使的感觉，他会体验到创伤的痛苦，但他终将走进现实。

5.优柔寡断者“在……之间”，正如贡布洛维奇对自己的形容一样。这种中间状态是他的住所。他的每一段关系都不比其余的关系具有更大的重要性。如梦游者般，他并不知道这些关系的意义，他既完全处于每一段关系当中，又不在其中任何之一。贡布洛维奇写道：“这种非现实的感觉一直伴随着我，总是‘在……之间’，而从来不在‘里面’，我就像一个影子，一个幻像。”他还写道：“我是不同世界的一个聚合体，不伦不类，无法定义。”“这是多么缺乏成熟啊！”（《遗嘱》）对他来说，欲望在试验之后才会产生，他在满足感的体验中找到了欲望的根源。魁北克社会学家米歇尔·多莱注意到，优柔寡断者似乎主要通过试差法行事。有时他几乎没什么性幻想，他的不稳定性和易变性大概因此而显得更加突出。他对一切都感兴趣，没有什么能让他感到害怕。仿佛他的好奇心使他更倾向于一种游移不定的双性恋行为。不是他来选择对方的性别，而是他被选择，期待着被选中。与其说他是一个游动的性别，不如说他是一个待定义的、空无意义的客体。

他通常显现出一种极强的性欲，要让他体验到所有这些他似乎并不打算到别处去寻找的感觉，哪怕要为他创造出来一些感觉。他还有一种几乎可以被当作男性气概的狂暴个性，他要扩大性爱的广度，尽情释放自己，为所欲为。仿佛双性恋实际上产生于一种性的过度，一种身体舒张的意志，一种表达的激情，仿佛双性恋是在增强的模式上，也就是说在自我揭示中探寻事物。弗朗切斯科·阿尔贝罗尼说："对一个男人来说，增强是能够在色情约会中显示出来的某种东西，就像发现他预料之外的东西时的惊愕。"有时，在有过两三次令人灰心的经历后，他会感到失望而放弃。激颤没有产生。因此每一次新的约会都像是一种自我的扩张，一种惊诧，一种激颤。男双性恋就像一匹疯马。他的神经异常敏感。

"埃里克是安德烈斯群岛的一个黑白混血儿，26岁，进出口公司的商务代表。时不时地，他会突然有种必须外出，找个男人的需要。他向我解释说，他曾有一个还算稳定的女友，但他们之间有过欺骗或者小小的不和，因为他同时还跟其他女孩来往，他觉得这样能使他不依恋任何人，保持情感的自由。除此之外，他还四处与一些男孩子鬼混。他没有谈起过这些男孩，因为他们之间只是性交而已。不管怎样，他与我的相遇一定在他身上点燃了某种东西，因为他坦率地向我提议与他一起去加拿大生活。我拒绝了，但又有点后悔。我们最后一次见面的时候，我迟到了四十五分钟，他一直在等我。实际上，我们之间没说几句话，他不停地看我。也许他爱上我了，但我更认为性交流的过程中有某种独特的东西，他感觉到同性恋也可以是一种生活方式，而且说到底也不是那么糟糕。对他来说，事情变得可能了。在此之前，他与男孩们的性体验或多或少都是以地下的形式进行的。但是因为他与我之间有对话，这就不仅仅是一次性交，而属于约会的范畴了。这次约会发生在他准备离开这个国家和一个男孩的时候，这个男孩对他说：不管怎样，我不会跟你去的。这让他有点伤心。”

“我还明白，从我们穿越大西洋的那一刻起，这个男孩将会与我过同性恋生活。在那里，他会时不时地跟一个女孩上床，就像在法国，他可以有他的女友，但又时不时悄悄地与一个男孩上床。跨越大洋使他能够接受角色的倒错。但无论如何他依然是双性恋。每次他都躲避另一方来表现他异性恋或是同性恋的那部分。”总之，构成双性恋的，是别人用来指代他的那种行为方式。如果他碰到一个家伙，向他解释说同性恋是一件自然的事情，可以生活得很好，他就会跟随他而去。如果他碰到一个女孩，她确实给他一种简单自然的生活，他又会跟她走到一起。他不是一个谁出价高就跟谁走的人，而是一个茫然不知所措的人。他有着极强的自恋脆弱性，不管什么样的人，只要能维护他这种自恋就会被看作是救赎者。使他能够回归自我的，是他人、权威或者对他人的欲望；决定男双性恋的双性性经历频率的，是早年间充当锚点的人。我觉得男双性恋在等待别人将他任命为欲望的客体，但因为他对什么都不确定，他就要求对方接受他无论如何都不会爱上他的想法。他拒绝承诺的一贯立场由此而来。仿佛他自觉或不自觉地渴望爱上一个男人，但又不敢享受这种奢侈（考虑到舆论环境）或者他只希望一件事：爱上一个女人，却又不能完全允许自己这样做，因为他同性恋的那部分在进行反抗。这就是他茫然无措的意思。他感到在两种情况下，爱情对他来说都是被禁止的。所以，他只能用性来填补这个空白。

如果多一点对同性爱情的尊重，很可能就会少一点这样的模糊地带。人们想在双性恋行为中标出一种通道，一个过渡区，一道异性恋与同性恋之间的马奇诺防线，但众所周知，马奇诺防线仅仅是用来虚张声势的，实际不起作用。如果在防线的另一边有人决心要越过防线，他会越过的，他会侵入他人的领地。因此，一个同性恋倾向的男双性恋最终会变成彻底的同性恋，而一个异性恋倾向的双性恋更愿做纯粹的异性恋，如果有这种可能的话。

6.还有另一些人处于情感空白的阶段，迷茫的阶段，这通常表明他们处于两个女人之间。他们来找你，因为他们处于一种绝境当中，茫然不知所措，他们说你是第一个与他们交谈的人，他们顺从依附于你，他们准备拼命抓住任何东西，麻烦的是他们抓住的是你。你救了他们，你爱他们。但他们肯定会离开你，因为他们已经恢复过来了。他们是些听你召唤的男孩，他们渴望成为别人欲望的目标，被恭维，被承认，但他们又不愿正视这一点，他们可以亲吻你，让自己接受你对他们的爱抚， 但他们与自己的行动又是分离的，因为行动总是将他们引向陌生人。他们想享受性的快乐，想通过与你的接触焕发新的激情，但他们在太多的逢场作戏面前感到害怕。同性恋是他们的圣人克里斯托夫，是他们的“生殖器崇拜的天使”（米歇尔·图尼埃语）：他抱着他们，修补他们，美化他们，为他们带上虚幻的爱的光环，甚至有时对他们进行彻底的重造，因此他们的面貌会突然发生暂时性的变化。很自然地，他们一生都会记着这个时刻，就像记住一个几乎虚幻的时刻：他们在一种模糊而又沉重的爱情中被放逐出自身。“令人不安的情感迷乱使我不由自主经历的这一瞬间变得令人惊讶的漫长。”（斯蒂芬·茨威格语）他们激烈狂野地体验这个时刻，就像两个溺水挣扎的人。然后他们恢复到自己的本来状态，回到他们原始的纯贞。我，叛徒？让我们忘掉这一切吧。我不知道我在哪里。这是一场没有明天的历险，它不会通向任何地方。总之，他自己不会相信有任何结局。他所想的，就是如何脱身。他甚至会在最后补充说他被性侵了。

7.人们对于促使某些男人改变性向的原因所知甚少。在他们生命中的某一时刻，他们就像翻手套一样翻转他们的生活。他们调转航向，却不做出任何解释。他们不是在叠加两性，而是在终结两性。出人预料的迂回，不由自主的转弯，是因为冲动还是懊悔？他们被正午的恶魔俘获，五十多岁时生机勃发，如时光倒流般迸发出一种不可遏制的性欲激情，有些人经历了逆向的青春，在树林中寻觅艳遇。这正是阿拉贡在他晚年时谈到的“深渊的感觉”（《告别的华尔兹》）。对于一场破裂来说，收获的则是幻灭与失望，一种烦躁混乱的生活，他们要重塑自己的生命，决定抹去一切。也许他们在一个女人身上找到了他们在一个男人那里寻而未得的某种东西。也可能与一个男人的关系只是暂时的，那虽是他们身上未知的一部分，却是一段注定要消失的经历。他们的命运归宿不是那个男人。他们没有弄错，他们做出了改变。于是，他们忘掉之前的生活，忘掉青春，忘掉其他的爱情，坚决彻底地与过去一刀两断，结束一切。这是一种碎片化生活的情感决断。很少是一场飓风，更恰当地说是一个最终的存在理由。变老，就是接受选择。但总是存在着一些可能的妥协。抑或是一场短暂的暴风雨。在一个男双性恋的内心深处，残留着一丝无法消减的梦魇和虚假。

五　您，一个女人

1.无论您知道与否，您是他的双性恋行为的关键，是中枢，是模糊点，是不易被察觉的关节。一个女人，两个男人，这是肯定无疑的。男双性恋只能想到三人组合，您就是中间的纽带。您有时起着替角的作用，但多数时间是母港。您是他的伊萨卡[①]，他的流浪生活的伊萨卡。这也许是您永远也不想猜出来的秘密。您有时也会预感到这一点或者预感到可能的情况。但他与您，如何想象之后的情况呢？也许您有时甚至想过向他揭示他似乎没有觉察的东西，让他意识到自己的双性恋，允许他顺应他被忽视的性倾向。然后您就震惊了。这个事实白纸黑字地写在那里，

① 伊萨卡，古希腊爱琴海的岛国，《荷马史诗》中英雄俄底修斯（奥德赛）的故乡，是永恒的家的信念。

从他的嘴里吐露出来。这是一个有时也爱男人的男人。

2．“我们结婚5年后，当我发现他第一次与男人的性经历后，我体验到那种沦陷的感觉。那是在一个圣诞节的晚上。有人敲门，邮差递给我一封电报。我注意到电报是给吉尔的。电文很短：‘我还像第一天时那样爱你’，签名是一个男人的名字。我把电报递给他的时候，客厅里响起了一声惨叫。我们一岁的儿子保尔，几秒钟没人照看，就用一个延长线插头把舌头烫了。”（《玛丽·克莱尔》）你的第一反应是：震惊，惊骇，懊丧，窘迫，困惑，无语。在某种意义上，一个女人与最好的朋友私通欺骗丈夫，是这种情侣关系的别样形式之一。这是一个略带刺激性， 特别激怒男人的通奸故事。因为他发现，没有他女人照样可以享受快感。显然他的男性身份并不是被需要、被触及、被质疑的对象。但是现在发生的是相反的事情，另一套逻辑开始运行了。仿佛他突然让你闯进一个总是将你排斥在外，永远让你处于另一边的世界。过去是弗拉戈纳尔[①]，现在突然成了蜘蛛女之吻[②]。

① 弗拉戈纳尔（1732 — 1806），法国洛可可风格画家，画风纤巧细腻，以描绘女性美见长。

② 《蜘蛛女之吻》，根据阿根廷作家曼努埃尔·普伊格的小说拍摄的电影。

您现在面对的是一个陌生人，迄今为止您赢得的一切都离您而去。您没有预料到这种从未有过的，令人难受的情境。它突然对双方的性角色、身份的标志、你们能够继续维持的关系的类型提出了质疑。您曾经爱过的那个男人是谁？他身上是否有两部分，其中一部分对您来说是禁区，一个并非为您预留的保留区，是他只能与某个男人在一起时才显露出来的部分？这是一个无法想象的部分，一间客人房？为什么您会看错他？如果他不是他所声称的那个人，那么您又是谁呢？你们的夫妻关系不会崩塌，但它在消解自己的形象。如果诚如弗吉尼亚 · 伍尔夫所言，“女人在几个世纪当中一直都是男人的镜子，（如果）她们拥有将男人的本来形象双倍放大的神奇而美妙的能力”（《一间自己的房间》），那么面对双性恋这个裂口，您甚至连充当谄媚的镜子这样令人放心的身份都失去了，您开始怀疑自己的真实性。您怎么会从来都不了解他，真实的他对您将永远是外人吗？这是一种崭新的三角关系：在你们三人当中欲望会传递到哪里？

3.当然，如果他对您说了这些或者你们结婚后您自己得知了真相，您有理由感到上当受骗。您一定会向他表达这种感受，指责他不懂得做出选择，指责他有着“变态”的欲望，指责他甚至没有考虑过将病传染给您的危险，或者您谴责他“逃避到同性恋行为中就像逃入一个禁止女人入内的最终避难所”，“退化到少年时期偶发的同性性行为”，向孩子们表明自己是同性恋时可能“给他们造成心理创伤，失去他们的爱和尊敬”，等等。这是些愤激之语，毫无疑问也是些痛苦之词，但它们表明，对您来说，一个男人的同性恋行为可以接受，但要在别处，在你们之外的别处。

然而，对于无数没有结局的爱情，隐姓埋名的地下偷欢，一系列由短暂的休止符谱成的性爱即兴曲，您真正害怕的是什么呢？您是一个男人的想象大厦的固定部分，他没有任何与您和孩子断绝关系的意向。他向您显示出的依恋是他无数的露水情缘永远无法给予他的。这是一个数的问题。您独自凌驾于一些不存在的对手之上。如果一个女人侵犯了您的领地，您也许会感觉在与她竞争，但面对一个男孩，竞争的可能性不存在。面对一个与您本质相异的对象，怎么可能将他当作竞争对手，怎么可能对他产生嫉妒？怎么能够接受您的丈夫在这段短暂的关系，这些瞬间的迷乱，这些分隔着他生活的微小间隙里投入感情？如果是一段异性恋关系，您也许会认为另一个女人在努力填补你们夫妻之间的情感或者性爱缺失，她就像一个成功而神奇的替角钻进您与他的生活中，而他与男孩们之间这些时有时无的爱情不取代任何东西。只是他的男性性欲在起作用，只是属于他个人的性享受拒绝与您分享。因为他身体的一部分不属于您，因为您不是他的欲望的全部，并且您永远也无法改变这个事实。

4.如玛格丽特·莫莱诺在《纯洁与淫秽》一书中对柯莱特所言，有些女人觉得她们对很多男人来讲意味着一种"同性恋的危险"。"那么多男人的头脑中都有着某种女性的东西……我之所以说头脑中……是因为在道德习俗方面，他们是无懈可击的，甚至是毫不妥协的！"如果莫莱诺认为男性同性恋是一种危险，这显然是因为她认为一个爱男人的男人对女人们来说就是不可救药了。这与其说是一种价值判断，不如说是一种现实的观点。但也许她们都认为自己在生活中非常男性化，足以让一些男人感觉与她们生活在一起就是在体验自己身上同性恋的部分。她们因此认为自己避免了有些具有同性恋倾向的男人身上同性性行为的发生，而且一下就排除了她们谈论的男人可能被与其他男人的肉体关系所诱惑的想法。她们谈论的确实是那些想要与男性化的女人共同生活却不因此成为同性恋的异性恋男人。他们处于一种可能的双性恋情况中，一种实际上除女人之外从未真正考虑过的双性恋。换言之，一个女人或多或少总是有着没有言明的计划：独自令丈夫实现他的双性恋行为。他是她所说的“被调和的男人”。一想到这个男人竟敢与其他男人体验他的双性恋，她就勃然大怒，她觉得这是对她的女性特质的否定。

“我宁愿与一个男双性恋（即使冒所有可能的风险）而不是一个异性恋引诱者经历一段故事。原因有几个，但主要原因是我想成为唯一的那个，唯一的那个女人。”爱情，就是这种绝对的疯狂，这种想要成为别人全部的荒谬的自恋。这当然是一种幻想。我们不可能成为别人的全部，我们永远也不是别人的全部。我的朋友艾玛纽埃尔喜欢春天，因为春天里女孩子们可以脱去衣裳，展示大腿的颜色。但他对那些对他特别关爱的男人也是殷勤友善的，他很享受被别人喜欢的感觉。然后呢？二十岁的时候，他想：“我爱的男人也应该爱我。如果他去找别的男孩，我对他就没有兴趣了，因为这意味着他要到别处去寻找我无法给予他的快乐，意味着我无法再完全满足他。我想通过感官来支配他，我想成为他的全部，他的珍宝。如果我对他来说是一个男人，我就是一个男人。”这种想法对一个女人来说是令人兴奋的，她可以幻想她不是因为本来的自己而被爱，而是被她所爱的男人当作一个男人来爱的。她心里就是这样想的。因为要得到她认为属于自己的东西就必须奋力争取。但她很清楚还有其他女人，她不是唯一漂亮迷人、唯一能吸引他的女人。无论他们亲昵时做什么，他总是可能将目光转向别处。因此，她很快意识到这个真实的危险，慢慢丢掉了浪漫邂逅初期时那种激昂而又容易受伤的自恋。如果现在我必须与别人分享爱人，如果艾玛纽埃尔与一些男孩发生了故事，我会想：“他需要一个我无法提供给他的世界，因为我不是一个男人。”这是一个失败的记录，我们都搞错了。

5.一个女人亲眼目睹，或想象，或听别人讲他与这个或那个男孩维持的关系有什么好处吗？同时玩味她所爱的男人的两种形象，她也许能从中获得一种诡异的好处，但很快她就感觉自己是多余的了。这个被她发现的崭新的、未必令她讨厌的男人，如果她与他之间不可能再有任何哪怕最细微的联系，她会选择离开。但有些女人几乎意识不到她们是值得被爱的，以至于她们甚至连正常的嫉妒都感受不到。还有些女人完全退缩了，如遭到雷击般呆滞地接受了事情，或者有的人想加入其中，于是开始遭受痛苦的折磨，就像莫尼克·朗日在《浴舱》一书中谈到的那个年轻女人一样，她的丈夫在阿尔及利亚的挖土工人中寻找爱情。她说："是他身上最好的那部分让我感到痛苦。"她还说："毫无疑问是罪孽感的缺失让她——非常单纯的她——爱上一些复杂的人。"她的心为那些贱民而跳动：她爱的从来都只是些性的贱民。她总是在被有些人叫作差异的东西中看到一种真实的痛苦。她有时在他们认识到自己是谁之前就爱上了他们。别人的困难让她感到震惊，她怀疑自己甚至到了可笑的程度。这也许是对她的混乱状态的一种解释，但她为自己的爱情而感到骄傲。

6.在两个男人、一个女人构成的三角关系中，男人很少将自己置于失去男性气概的境地。女人在这些情况下要求最多的，是让两个男人为他服务。不是两个男人通过她做爱，同时在她背后进行交易，而是女人将一个超级男人的性能力都汇聚于自身。法朗斯·德·瓦尔说，在黑猩猩的社会里，当两只雄猩猩之间产生了冲突，通常一只雌猩猩会介入调停，而雄猩猩们则各自开始为它梳洗毛发。当雌猩猩悄悄溜走时，两个对手继续梳洗，仿佛什么也没有发生过，除了一点细微的差别，它们是在相互为对方梳洗。在人类身上，情况不同。只有受虐狂的女人才会在一种她永远被排除在外的关系中，为两个男人之间暧昧的、没有言明的欲望充当借口或者代言人。弗洛29岁，与她一同生活的男人是双性恋。他们同居已经4年了，有着稳定的性关系，但他继续与一些男孩保持着性关系。这些关系大部分时间发生在家里。她参与与否，视情况而定。她经常会与他一同逃离。两人一同引诱，三人组成伴侣。她说："我知道，没有男孩在我们中间，他是无法与我生活在一起的。"她的男友仅凭自己很可能引诱不了这些年轻人，而她对于他们构成了一种诱饵。因为他们接受这种关系的条件通常是她参与其中。"我这样做仅仅是为了我的朋友，因为就我个人来说，我丝毫不需要三人关系。我非常爱他，这种共同引诱的仪式和三人性关系让我非常痛苦。"如果男孩真的是同性恋，她就离开他们。"当然，我的心会感到刺痛，但这没什么要紧。"有时，男孩会待几天，但这种情况很少。"在我看来，男孩是我们关系中的关键因素。没有他们，保尔不会爱我。没有他们，他觉得他的同性欲望没有得到满足。我完全感到多亏了这些男孩，保尔才愿意与我保持异性恋关系。他意识不到实际上我是他的妻子。”（《玛丽·克莱尔》）

7.然而，当1984年同一期杂志登出对爱上一个双性恋并与之生活的女人的调查结果时，有些女读者惊讶地发现，这些女人当中很多人实际上对这种关系是感到满意的，因为她们觉得自己有意无意地做出了正确的选择。她们说，与一个双性恋的共同生活实际上提供了一种情感保障，一种柔情的担保，而非一种威胁或一种痛苦。所有这些女人都庆幸自己是她们的男人一生中唯一的女人。她们不觉得自己被否定，被欺骗，男孩不会偷走她们的任何东西。“我知道有一个女人让他感到安宁，我相当于他生活中最重要的部分。”一定要成为一个男人唯一的女人，她需要一种专有权，需要知道他爱她爱到足以承受与她共同生活的危险，这种需要似乎是维持他们之间关系的主要动力。因为一个女人不会轻易地与一个男双性恋生活在一起。或者她渴望逃脱一种在她看来令人尴尬的，甚至是屈辱的性关系，因为她清楚他们之间的性关系将很少，甚至是不存在的，仿佛她嫁给了一个生活在千里之外，每隔一段时间才能见面的男人。这种孩子式的妻子为了一种友谊般的爱情宁愿摆脱任何的情爱关系，情敌的不存在让她获得一种被庇护感，因为她寻求一种精神安宁。或者这种情形最终令她发现某种情感的双重性，甚至考虑与一个女人的肉体关系，因为她曾经震惊于与一个与自己相似的身体做爱的可能性并且寻求过这种相似性。

8.但是，扮演爱情魔鬼的角色，将事情掌握在手中，控制一种您感觉您的朋友（或者丈夫）有时会逃避的关系，向他提出一个他不一定给出答复但能让他知道你是多么需要他的要求，您也可能觉得这样做对您有利。他可以无须扮演一种他恐惧或者厌烦的角色，但可以表达一种特别的，更富有想象力，更富于激情的性爱，一种他在一个男孩那里无法体验到的性爱。也许您觉得主要是性让他对您产生依恋（就像让他依恋一个男孩那样），您觉得只要允许他稍微的荒唐放纵，他将是一个伟大而细腻的情人。也许您还会有种陌生的感觉，感觉您轻率地参与了另一种性行为方式，一种您破门而入后意外发现的性行为方式。埃尔维·吉贝尔在《群狗》一书中写道：“他在属于她的身体里人工授精了我们的故事。”这是一种液体的循环。

一个男双性恋与男孩们经历的一切，他都会传递给您。他说：“我越是懂得做一个女人，我就越是懂得如何与一个女人做爱。”您变成了两个男人之间一种想象关系的窥视者，他们之间相互传递的一个秘密的托管人，您一不小心进入了一段对您来说永远无法企及的关系。

9．“我外祖母与我外祖父结婚时并不知道他是同性恋。况且，我外祖父那时知道自己是同性恋吗？我想他是知道的，因为5个兄弟中，另2个是同性恋。但他结婚了，有一个孩子，因为他想要孩子，他是一个值得爱戴的父亲。他热爱家庭，这是显然的。他与我外祖母是由一种带有情欲的友谊结合在一起的，即使二战后，也就是20年后，他们最终选择分床而居。我外祖父生于1900年，他在海军中任卫生官，战后他被医生公会除名，但我从不知道他为何被除名。因为施行过堕胎手术？因为间谍活动？因为同性恋行为？我见过他的一些照片，很年轻，是在船上拍的。还见过一些两人合影，总是与男人在一起。他有点像德克·博加德，个子不高，宽肩，一头抹着发膏的僵硬黑发。他算不上英俊，但是个雅致而有趣的男人，有点花花公子的味道，但气质又有点忧郁，特别是很能挥霍钱。

我母亲还是个少女时，我外祖父可能迷恋上一个男孩，他希望我母亲嫁给这个男孩。然而我母亲对他来说又是一切，是小皇后，即使我外祖父从未掩饰过他更希望有一个男孩来延续他的姓氏。总之，为了他爱的男人他准备出卖自己的宝贝女儿。不管怎样，他可能非常渴望得到这个男孩，而男孩对娶我母亲可能获得的社会身份很感兴趣。这桩婚姻最终没能成功，但我母亲却因此受到严重伤害。”

10．“得知我外祖父是同性恋后，我外祖母极度愤怒，她很可能认为自己受到了欺骗。但他们的共同生活非常愉快，因为我外祖父在各地都有朋友，所以他们经常旅行，接待过他们的一些男人很明显是外祖父以前的情人。而且奇怪的是，尽管我外祖父和外祖母一生中有过多次激烈的争吵，但对我来说，他们是彼此相爱的两个人。我外祖父有一个兄弟，我的叔外祖父菲菲。他的同性恋更是达到了惊世骇俗的程度，他养了一个被他‘收留’的年轻人，为他付建筑师的学费，最后还为他操办了一场盛大的婚礼。我们在皮埃尔·洛蒂的小说《我的兄弟伊夫》中可以看到这种情节。我外祖母说：‘我从来没过过女人的生活。’但据说她对这个更明目张胆的同性恋兄弟怀有一种强烈的爱。她非常爱他，却并没有通过性关系来表达这种爱情，这是一种心灵的忠诚。实际上，她觉得自己与一个男人拥有同样的能力，她把自己当成了一个男人。当一个女人爱上一个同性恋时情形总是相同的。”

“此外，对我来说，我外祖母是一个被压抑的同性恋。在这对令人难以置信的夫妻中，男人是她。当我们去海边时，我外祖父开车，但他开得很慢，我外祖母会发脾气。如果汽车出了故障，是她掀起引擎盖，修理汽车。我外祖父把他的情人带到旁边的一栋房子里，离海很近。那是一栋小平房，更舒适，更漂亮，常年无人居住。我外祖母的姐妹们在门板上开了个洞以便窥视我外祖父与他的情人之间的嬉戏。实际上，外祖父是纯粹的双性恋。外祖母吸引他的地方，恰恰是她的男子气和威严强势。而他吸引外祖母的地方，则是他的温柔。”我的外祖父是个有可能成为大人物的人，是能输得起的人。他是这样一个男人：当他钓鱼时，与我知道的钓鱼者相反，他从来不面对着河流，而是懒散地躺在草地上，腿斜在一边。他非常洒脱随意地拿着鱼竿，完全没有认真钓鱼者的姿态。他睡着或者胡思乱想时，鱼竿经常顺水漂走，因为鱼儿咬钩，扯了鱼线。我们大喊：“鱼竿！鱼竿！”我哥哥和我奔跑着去追鱼竿，而外祖父则微笑着看着我们。

“总之，他们夫妻是一个错误的格局。外祖母对外祖父来说不够男人，而外祖父对外祖母来说又不够女人。她只对女人才有过强烈的激情。他们彼此爱上对方是因为他们的家庭门当户对，但对我来说他们是两个同性恋的相遇结合。只是外祖母的社会偏见过于强烈以至于无法释放她的同性恋欲望。归根结底，他们向我传递了某种无法估量的，跟男性气质和女性气质有关的东西。我对性自由的追求也许就来源于他们，性自由对我与其说是一种可识别的活动，不如说是我们内在构造的一部分。我因此可以爱上一个毫无顾虑地流露其女性气质的男人，这个男人喜欢被一个女人勾引，喜欢一个女人比他强，喜欢她以女人的手段达到男性的，几乎好战的日的，而同时他又能够随时强制实施他的男性权威，将我从女人的权力——种有害的权力，一种能够伤害我的权力——中解脱出来。”

六 角色的喜剧

1.这种人们已经知道了规则和所有记录的性爱，这种镜像的、自恋的、充满幻觉的性爱，就是男人之间的性爱。他们无须关心对方，因为不管怎样，对方都会做出自然的回应。他们立刻就觉得平等了。这是一种没有被迫的角色，没有令人焦虑的死角，没有无限的性爱，是在相互了解、相互触摸之前认识自我的方式，仿佛一种看不见的兄弟情谊。“葛雷尔第一次吻了一个男人的嘴。他感觉脸撞到了反射自己形象的镜子上，他的舌头在探索一个冷酷面孔僵硬的内部。”（《雾港水手》）因此，在很短的一瞬间，他知道对方是脆弱的，放弃了自己的戒律，他几乎可以击倒他。这是一种既无联系，又无分别风险的亲密，是相互的理解，是与自己分享的感觉。仿佛他能在自己的身体里捕捉到一个男人的激情力量。他的身体在您的身体里，就像被吞噬一般。在友谊中，有些男人需要一种更深层的分享， 一种深入到高潮愉悦之中的肉体的“我爱你”。他们需要将对方的身体器官融入自身，在一场肉体的对决中壮大自己的力量。一根很细的线将异性性爱与男人的同性性爱连接起来。

2．“一个女人很高兴看到你。仿佛她生了你，孕育出一个不同的生命。当然，她高兴是因为她独自就会兴奋起来，但她的目光中有某种东西让你获得了作为男人、儿子、兄弟或者父亲的存在感。而且，你越是在她面前表现得像个孩子，就越是让她感到兴奋。她想让孩子分泌精液，她喜欢看到精液从你身体里流出来。一个男人则相反，他喜欢你全部的女人味，他喜欢看你的嘴，他喜欢抚摩你，亲吻你。这是一面要安静许多的镜子：没有男子气概的放大或者膨胀，而是一种亲密，一种性感，几乎是一种温柔。这是一种非常简单的交换，或者说仍然是一个游戏，一个孩子们的游戏。一个女人让男人立即符合他完全忽略的一个形象，他即将扮演的一个角色。女人是一个有黏着力的黑洞，能吸入大量东西，永远处于需求之中，直至歇斯底里。她呼唤，她寻觅，她徘徊于男人的四周。她并不多情，但占有欲极强，比男人还富于动物性。她要生育，塑形，创造。男人不需要，他不在乎这些，让他感兴趣的不是你，他需要征服的目标是别人，而女人需要征服的只有一个，就是你。

“男双性恋愿意探索一切。他愿意做任何能让他看到自己的男子气概，能让他享受快乐的事情。如果我爱一个女孩，那是因为她让我看到了自己的男子气概，实际上，我在自己身上发现了我想与之做爱的那个男人。如果我碰上一个同性恋，他必须是个非常有男子气的人，我们之间是一种男人对男人的关系，并且我要总能占上风。与一个异性恋在一起，我会比实际需要的还女人气，就为看到这家伙屈服于他自己也不知道的某种东西，看到他身体中的女人颤抖，看到他的男子气逐渐衰弱。对我来说，一个男孩就是一个要征服的目标。我喜欢马格里布人，因为他们总声称自己是异性恋。我喜欢抓住他们，迫使他们走向深渊。让我整个人来让他们享受愉悦吧。男人极度兴奋的时刻，就是我的兴趣所在。这是让你感觉到他们接近童年的唯一时刻。让一个男人向我喷射吧，这对我来说足够了，因为很简单，我拥有了他。”

3.阿拉伯双性恋，一种独特性爱的多重形象，他不会违背自己的男性角色。他即使在同性恋关系中仍然是异性恋。他变换性伙伴，但不变换自己的性角色。也许他会因为与一个男人做爱而感觉自己变得双倍的阳刚。这是一种支配和从属关系，是男人气概的补充展示。“吻的确是明确事情界限的举动。比如在突尼斯，一个年轻人永远不会亲吻你。因为无法与女孩亲近而只能亲近男孩的突尼斯人不会亲吻，他只是想性交。亲吻你的人是已经越了界的人，他显得更温柔，他接受你的身体。不亲吻你的人，他也排斥你的身体。他必须想象你是个女人，他更愿意在你背后看你，把你的脊背想象成一个女人的脊背。对我来说，他们不是双性恋，他们甚至都不会注视你，除非你有相当美丽的身体，近似于女人的身体，他们关心这个身体给他们诱发的幻想，但不会关心你，是你来关心他们。这就是他们要从后面进入你的原因，否则他们就会看到你的胸毛，你的生殖器，而他们不喜欢看到你。此外，他们以同样的方式与女人性交，想必他们极端恐惧女人。”对于一个阿拉伯人来说，仅仅“眼睛的接触”就成为一种占有的信号。非斯[1]的女人们唱道："我心爱的人用眼神杀死了我/如果他再加上话语将会怎样？"在这个没有目光的身体面前，他可以自由地享受性的愉悦，可以将注意力集中于自身。这就是亲吻被排斥的原因，因为亲吻是一个奇妙的放松时刻，是男性气概缺失的时刻，这是一种舌头的插入，但是一种相互的插入，是对自我的一种侵袭。

舍贝尔·马莱克在《宫廷精神》一书中写道，在阿拉伯国家，只要男人集中了尽可能多的男性特征，他就是个值得尊敬的人。他的性行为的真实情况并不重要。只要他扮演主导角色，他可以与一些男孩们交往，结婚后也可以偶尔地，没有过多繁文缛节地享受一下少年时期的嗜好，即使他必须低调行事以遵从社会规范。总之，唯一重要的是男性气概。男性气概是一种有形的东西，无须对其产生疑问，它会显示出来，会喧嚣炽烈地张扬挥洒，为整个性的世界披上一层神圣的色彩。阿拉伯人夸张地向你展示他们的男性气概，他们几乎将其握于手掌之中，并为此感到自豪。他们甚至为荣耀自己而构筑了一个天堂。在伊斯兰的天堂里，遵守教规者的周围不仅环绕着天国美女乌

① 非斯，摩洛哥第三大城市，摩洛哥北部古城和穆斯林宗教中心，北非地区历史名城和旅游胜地。

里——这些黑眼睛、乳房圆润的处女有着红锆石般的纤细，珊瑚石般的洁白——还围绕着常青不老的美少年吉尔曼，他们是天主的选民的仆人，看到他们就会想起那些串起来的珍珠。伟大的安达卢西亚神秘主义哲学家伊本·阿拉比[①]（1165—1240），用处于天堂门口的人来影射“依恋美少年或奴隶的那些人”。阿布·努瓦斯[②]在他的诗歌里描述过被阿巴西德王朝的美学家们享用的美少年。这位满头卷发的诗人是哈里发哈伦·阿尔-拉希德，特别是他的儿子阿尔-阿敏的宠臣，对他来讲，红酒是阴阳人爱情不可避免的序幕（其中扮演主要角色的年轻小伙子通常是波斯的基督徒奴隶）：“在我心里的情人之路上隐藏着，/一个猎人，孤独的哨兵。/当一个心上人经过那里的时候，/他只给我带来毁灭。/如果说，为了取乐，我已经用眼睛与他交谈，/贪欲则让他痛苦难捱。/没有任何淫恶能改变他的香气，/但魅力是一种淫恶吗？”

4.似乎某些异性恋很容易伪装，模仿女性的欲望。如

---

① 伊本·阿拉比（1165—1240），伊斯兰教神秘主义哲学家，生于伊斯兰教徒统治下的西班牙穆尔西亚。

② 阿布·努瓦斯（750—810），阿拉伯宫廷诗人。

果他们如此热情地想要表达这种欲望，毫无疑问是因为这种欲望从未被言明，躲藏在性爱的招式里，是一种男人关系的秘密。从定义上来讲，一个招式从来都不具有危害性，而是一种掩盖的策略。一只长颈鹿把自己五色斑斓的漂亮屁股展示给一个富于攻击性的雄鹿，这能够缓和它的好斗倾向。因此有些男人会向女人借用她们的引诱手法，有点类似于他们在自己身上保留她的气味和她的姿态动作。他们向一个男人传递的就是这种引诱，这种天然的、令人消除敌意的动物性威力，他们把这种引诱表现为、演示成一种性召唤。武士的屁股舞是非常撩人的动作，人们在某些安德列斯群岛人身上可以看到这样的举动。这是一种逆反了的男子气概，他们在女性化的姿态中看到一种惊人的反转，一种色欲的戏剧性，他们突然变得非常女性化。他们像跳华尔兹舞、萨拉班德舞般扭动着，在一种肌肉和淫荡的欢乐中，在一种性感私语与女性温存的混合中不断夸大挑逗的姿势，弓着腰杆，挺着躁动不安的臀部，说着淫言秽语。我对你来说够女人味吗？他们一直都很有男子气，就此来说，他们自然可以安全地扮演女人，然后变得更富于攻击性，更好斗，更咄咄逼人。

5.切线式双性恋既表达自我又拒绝自我，但实际上表达的是控制支配，它的另一种形象是：跑到布洛涅森林或别处与异装癖的拉美人鬼混的人。异装癖在大男子主义盛行的国家受到喝彩并不是没有原因的（比如在意大利大约有15000名异装癖）。变性人这种类人猿般的生物，自然界的畸形怪物，滑稽模仿的硅胶女人，既符合宝座游乐园[①]又符合马戏团的杂耍风格。臀部浑圆，嘴唇厚厚，胸部坚硬的肥胖女人们流连于一种“玩闹宫殿”、薯条房车和民间妓院的氛围中。她们到那里寻找什么？当然是一种性爱艺术（都知道异装癖是口交专家，因为他们恰好是些男人），但他们绝非在游乐场里廉价出卖自己的男性气概。他们享受完全的豁免权，不会放弃任何东西。异装癖扭曲的主要是顾客的性欲。他们越是展示他们的女人气，就越是掩盖了与对方的确切关系。此外，在荷尔蒙的作用下，异装癖们的生殖器最终也会消失：这种巴洛克式的存在，这种奇异组合的动物，这种奇形怪状的嫁接最终让男人的形象消失了。异装癖们大致表现了米勒在被魔鬼附体的、主动献身的、无法满足的女人（大多数时候是犹太人和黑

① 宝座游乐园（la Foire du Trône），法国最大的游乐杂耍性艺术节，每年吸引约五百万游客。

人）的那种色欲狂热中所欣赏的东西。因为在这两种情况下，男人的态度是被动的，但不同于他和一个富有阳刚气的男妓之间的那种关系：一个异性恋永远也不会去找一个男妓，只有同性恋团伙才会这样做。异性恋男人在一个异装癖身上寻找的是一种荒诞不经，大胆放肆的女人形象，而这种形象只存在于他脑海中，在此意义上，异装癖是异性恋男人绝对的性幻想对象，因为他让后者能够感受到一种既吸引人又让人厌恶的男子气。这是一个既想在女人身上看到男人，又想在男人身上看到女人的人，他通过炫耀他的男性气概来掩盖他的欲望。

甚至在最明显的情况下，男人也会否认。他们否认任何与同性恋接触的痕迹。其实，他们身不由己，言不由衷，仿佛从来都不是真实的自己，一生都在伪装作假。卡特琳娜·安东尼在《秘密卖淫》一书中讲述了一些人的故事，他们与女孩在一起时是潜在的嫖客，而跟男孩们在一起时能即刻变成小白脸，可能出于挑衅，也可能出于好奇，因为他们至少有一次想成为同性恋，而钱能为他们洗刷这种享乐的罪孽。她还讲到卢卢的故事。卢卢是个34岁的单身汉，意大利和巴西的混血儿，他的独特在于有着丰满的臀部、115厘米的胸围和一个能“很好勃起”的生殖器。他就像那些在佛罗里达的礁岛群与墨西哥湾出没的雌雄两性的鱼类一样，时而是雄性，时而是雌性，几乎就在顷刻之间。实际上，它们并没有改变生殖器，而仅仅是改变了角色（此外，连续或者同时的雌雄同体在鱼类当中是相当普遍的现象）。卢卢说："我是一个幸福的女人，我也是一个幸福的男人。我觉得上帝对我非常慷慨。"他的顾客们会怎么样呢？难以说清。"我从来没有跟一个男人上过床。在我眼里，卢卢80%是个女人，20%是个男人。我喜欢她鸡奸我。"与仇恨相似到如此程度的爱情！这确实难以理解。

6.享有合法权利的男双性恋不会被一个角色所激怒（对他来说，性别是一种令人愉快的多余物），即使他有时也会对事情佯装不见。他可以毫不羞愧地任由自己处于被动，享受对方采取主动时更加被爱的感觉，希望对方挑逗勾引他。因此，通常要由同性恋男人来回应这种主动献身的性爱，回应这个懒洋洋的、无所依托的身体：男双性恋让您照料他，享受被爱的感觉。在米歇尔·图尼埃的《流星》中，亚历山大说："异性恋们是我们的妻子。"从他献身的那一刻起，他就感觉享有某种债权。必须要让他获得性享受。男孩没有任何特权，他只能提供服务。“你想让我怎样就怎样”，但问题的关键是他的性欲，如果恰好与您的性欲协调一致那就再好不过了。这是一种有着时效的放弃。“你给自己服务，也为我服务。”这就是他对您所说的话。性爱的相互性不是他考虑的事情。一个男双性恋的欲望中有着某种专横与自恋的东西。他的男性气概丧失了，降服了，宣誓效忠了，但这是为了要求对方做一个勇猛的战士，向他要求更多的阳刚之气。对一个男双性恋来说，无须主动而享受性乐，这有点像罗马人利用色情形象色欲之马所做的事情。

对于古罗马时期的男人来说，选择这种姿势丝毫不意味着他放弃对于女人的优越性。因为他依然让自己享受着她的服务，是他控制着故事的发展。在阿普列乌斯的《金驴记》中，骑驴的女人弗蒂斯在鲁修斯去做客的那一家里做女仆。“她说着这些话，跳到我身上，急促地抽搐，不停地、淫荡地爱抚着，柔韧地摆动着腰肢，直到精力倦怠、四肢疲惫的那一刻，我们在对方的怀抱中瘫倒死去。在这场搏斗和对抗中，直到黎明时分我们都很清醒，有时用几杯红酒来麻醉我们的精神，刺激我们的欲望，重温肉体的享乐。”总之，女人的主动是受到欣赏的，甚至根据她所显示的灵活性而受到赞扬的。忒密多鲁斯在《圆梦术》中说：这种姿态使男人能够在这种被动状态下无须费力而享受性快乐，而这种被动在任何其他情境下都会引起普遍的蔑视。

罗伯托·扎佩里在《怀孕的男人》中写道：在流传至今的所有希腊人的证词中，色欲之马是作为高级妓女的专利出现的。对古希腊人来说，沉迷享乐的女骑士的定义即妓女。所有建立在男性价值观之上的社会给予她采取性主动的特权。任由女性采取主动的性爱只以享乐为目的，因此它只能是不结果实的，也因此被排除在婚姻之外。但女人的这种性权力很自然只是一种诱饵：男人，无论他被动也好，迟钝也好，仍然是性关系真正的主宰。在罗马就像在希腊一样，色欲之马象征着夫妻关系之外的爱情，然而人们最终无法再清楚地区分享有这种自由的女人和那些没有这种自由的女人。因此才有了赫克托尔之马的名称，因为想象赫克托尔与安德罗马克采用这种备受争议的姿势做爱，这等于在婚姻内承认了这种姿势。奥维德断然否定了这种假想，他说：安德罗马克的身材过于高大，因此这种姿势对她来说是不舒服甚至不可能的（《爱的艺术》）。而对于马希尔来说，事情则刚好相反，他还补充说，在他们做爱的时候，弗里吉亚的奴隶们在门后手淫。朱韦纳尔[①]甚至指责那些已婚女人与职业女骑手比赛骑术并且击败了她们。赛内克神父得知罗马的堕落已经发展到女人们在性事上采取主动后，在给卢西利厄斯[②]的信中表达了他的愤怒。

因此，帕斯卡尔·基尼亚尔写道：午睡时间，正午女魔（狮身人面女像）来侵犯睡觉的人。罗马壁画中经常表现的色欲之马的姿态就是梦中的场景。马绝非指涉一种受虐色情狂或一种男人的被动状态，而是法定的男性享乐。是贵族的享乐，主人的享乐。“或者主人保持平躺的姿势，因为他在睡觉，女人利用他梦中产生的欲望与他性交。或者他躺在婚床上，因为他是主人，他不需要做出任何努力。女主人过来坐在他身上就像坐在石头人像上，坐在她的官椅上一样。又或者是女仆来到男人身边，当然绝不是为了支配他，而是为了卑躬屈膝地给他提供肉体的享乐而又不打扰他。”

---

① 朱韦纳尔（55—130），拉丁诗人。

② 卢西利厄斯（生卒年不详），古罗马诗人，创立了拉丁文学中特有的讽刺诗。

7.无须主动而能享受性乐当然是男人的伟大梦想之一。他的性爱的整个一部分与其说是通过征服的欲望实现，不如说是通过别人给予他们的关注，给予他们的享受实现的。对他们来说，那不是渴望去爱而是渴望被爱，渴望沉醉于爱情，成为一个男人或女人的猎物（人们有时可以争抢的猎物）。此外，这也是为什么性伙伴的性别没有他们所处的情境重要的原因。一种充满期待的情境，一种对介入的拒绝——就是说拒绝承诺，拒绝情感投入——一种自我的空缺。看看艺术史上躺着的男人的形象吧。大多数时间，人们都希望一个幸福的男人是一个行动的男人，一个完全掌握自己的能力和本领，能够控制他的行动目标的人，而一个虚弱的男人则表明，不再掌控任何事情的男人却因此感到一种难以估量的享受，即使他是一个倒在地上的男人，像马奈的《死去的斗牛士》（1864），或者像赫尔曼·洛琴的《马杰帕》（1870）。波兰国王约翰·卡西米尔二世的这位宫廷侍卫通奸时被人发现，因而被赤身裸体、浑身涂满焦油地绑在一匹烈马上，狂奔的烈马将他载到了乌克兰。这是一幅关于痛苦与放逐的肖像，不省人事是他内心深渊的象征。在库尔贝的《受伤男人的自画像》（1844）中，正如X光刚刚发现的那样，人们确实可以看到虚弱无力的画家躺在榆树下，与他所爱的女人在一起。这是一对幸福的情侣，人们能感到他们处于一种柔情或性爱过后的慵懒惬意状态中。然而库尔贝的女友怀上了他的孩子，她答应了一个愿意娶她的有产者的求婚，抛弃了库尔贝。画家为此感到无比愤怒和悲伤，他的第一个决定是抹污他爱恋的女人的肖像，搂抱着未婚妻的胳膊变成了一条伸展的，无力的胳膊，在他的白衬衫上，他加入了细微的一抹朱砂，这样就把他的情感创伤，或者说男性的创伤，变成了一种划破他身体的创伤。再到荷兰哈勒姆的弗兰斯·哈尔斯博物馆去看看吧，有一个展厅展出了与这位画家同时代的画师作品，那里可以看到二十多个大型画幅，表现的是修女们的肉体放纵。一些狂躁、兴奋的修女毫不羞耻地解开胸衣露出乳房，而一些手则伸向那些像战败者一样倒在地上，双臂大张，幸福满面的修道士们。

此外，人们还会想，是否有一些人，出于不能被人理解的恐惧，为了不让自己在女人面前缴械投降，放弃男性的尊严而恰好要找一个男孩。“女人，就像一片海洋，你不知道自己到底在哪里。跟她们要做的事只有一件，如果你最后没有插入，她就会想这是为什么。”然而很多男人希望跟一个女人做爱时处于完全的被动状态，将她置于冲锋陷阵者的位置。她应该像一个男人那样去爱他们，仿佛她就是一个男人。他们所期待的是被她占有，打倒，震慑。甚至一个男人越是显示他的男人气概，就越会显现这种殷勤顺从。热内说：“有一种男性的被动，它让享受口交的人变得不如为他口交的人那样积极主动，就好像别人与他做爱时轮到他变得被动一样。”然而，在圭雷尔身上遇到的这种真正的被动在罗贝尔身上也看得到，他被动地享受着利奇亚娜夫人的爱情。他任由这个既强壮又温柔的女人的母性侵入自己，他沉浸其中，有时甚至试图忘了自己。但也许爱一个男人，占有他比被他占有更能表现对他的爱。热内还说：爱情是自愿的。“当你不爱男人时，被他们肛交也许能为你带来些许快感，但要与他们做爱，必须要爱他们，哪怕只是在你的生殖器插入的那一时刻。”为了爱吉尔，圭雷尔必须放弃他的被动。他努力地做到了这一点。因为有时一个同性恋的爱情对一个双性恋来说是重大的，过于重大。

出版后记

本书属于法国伽利马出版社著名的“无限丛书”之一。作者是法国作家让–吕克·海宁（Jean-Luc Hennig）。海宁长期供职于法国《解放报》，作为社会专栏作家，他有着丰富的采访经验，他的博学多识为其写作带来深厚的底蕴。他独特的视角，往往能突破传统观念，另辟蹊径，带来耳目一新的观点。本书作者主要对游离于法国社会边缘群体的情感多样化和差异性这一特殊社会现象进行分析，并试图给出自己的观点。

作者在书中所阐述的观点，未必完全符合当前大众主流观点，但作为一种客观存在的文化现象，为我们提供了一种新的研究方向，相信广大读者在阅读过程中，能够审慎地加以甄别，并从中汲取有益内容。

编　者

吉林省版权局著作权合同登记 图字：07-2011-3086
图书在版编目（CIP）数据

爱的双重奏 /（法）让-吕克·海宁著；谈方译.—长春：吉林出版集团股份有限公司，2017.8
（左岸译丛）
ISBN 978-7-5581-2942-1

Ⅰ.①爱… Ⅱ.①让… ②谈… Ⅲ.①人物形象－文学研究－法国 Ⅳ.①I565.06

中国版本图书馆CIP数据核字(2017)第169899号

爱的双重奏

作　　者　［法］让-吕克·海宁
译　　者　谈　方
出　　品　吉林出版集团·北京汉阅传播
出 品 人　刘丛星
总 策 划　崔文辉
策划编辑　胥　弋
责任编辑　王　平　史俊南
封面设计　观止堂_未　氓
开　　本　787mm×1092mm 1/32
印　　张　5
版　　次　2018年2月第1版
印　　次　2018年2月第1次印刷

出　　版　吉林出版集团股份有限公司
发　　行　北京古版图书有限责任公司
地　　址　北京市西城区椿树园15—18号底商A222
　　　　　邮编：100052
电　　话　总编办：010-63109269
　　　　　发行部：010-63104979
官方微信　Han-read
邮　　箱　jlpg-bj@vip.sina.com
印　　刷　北京晨旭印刷厂

ISBN 978-7-5581-2942-1　　　　定价　28.00元